論創ノベルス

鳥刺同心 遅い春

Ronso Novels 020

伊達 虔

論創社

鳥刺同心 遅い春◎目次

第一章　口入屋

（一）

「お戻りですか、父上」

縁伝いに声をかけて、北町奉行所定町廻同心小鳥遊廣之進は、父篤右衛門の部屋に入った。

塀の外を夜回りの拍子木の音が通り過ぎてゆく。師走にはいり、辻番が手分けして半刻おきに八丁堀の組屋敷街を廻っている。

「おう、今戻った。今夜はめっきり冷えるな」

篤右衛門は手あぶりの上で両手をもみながら顔をしかめた。鬢は半分ほど白く、浅黒い顔はまだ充分張りがある。

「句会はいかがでしたか?」

手あぶりのそばに座った廣之進に、母親の千種が茶を淹れた。

「今日の興行はの、連衆が十人ばかり集まった。宝永四年（一七〇七）の富士山噴火からまだ一年しかたっていないというのに、町人どもの元気のよさには恐れいるわい」

「まこと、そうですねぇ。諸国の武家は賦課金で悲鳴を上げているというのに」

千種も笑いながら同調した。

昨年の暮れ富士が噴火して、駿東や御厨地方に厖大な降灰があり、一丈も積もった場所もある。このため武家は一様に百石につき二両の救恤金を徴収されている。

「杉風様も見えられたのですか」廣之進が尋ねる。

「うむ、久しぶりに見えられた。あいかわらずお元気だ」

「もう傘寿（八十歳）を越えられたのでは」

「さよう、去来殿や其角殿が早死になされるなかで、蕉門の亀と羨ましがられておられるわ。儂もあやかりたいものよ」篤右衛門は笑う。

小鳥遊家は、代々御鳥見役だったが、鷹のいない空で小鳥が遊ぶ、という意のある名前が代々伝えられてきた。

御鳥見役は鷹匠につくものとされているが、将軍の遊猟地（鷹狩場）を巡検する役で、貞享四年（一六八七）に将軍綱吉が発令した生類憐みの令で鷹狩が廃止となり、鷹に関係する者は新しい部署への移転、あるいは解き放ちとなった。

篤右衛門は小普請組に異動した後、御鳥見役高八十俵野扶持五人御伝馬金十八両から、三十俵二人扶の江戸北町奉行所定町廻同心となる。

この落差の大きい引下勤については、色々と囁かれたのだが、御鳥見で培った洞察力で難事件を解決し、噂は自然と消えた。

　俳諧友達の北町奉行所臨時廻筆頭同心山本喜左衛門の推薦と、奉行所を取り仕切る年番方筆頭与力稲垣録蔵の絶大な信頼で、引退したあとでも稲垣特命の仕事をこなしたり、毎年入所してくる見習い同心の教育係として、月に五日ほどの御番所（奉行所）勤めを続けている。篤右衛門の担当は探索術である。

　嫡男廣之進の婚姻を契機に、家督を譲って隠居した篤右衛門は、唯一の道楽である俳諧の寄り合いで、深川芭蕉庵から戻ったところだ。講師は杉山杉風。

「杉風様はお元気でしたか」千種が問うた。

「矍鑠としておられた」

「大きな声では言えませぬが、杉風様はきっと魚を欠かさずお食べになるからですよ」

　千種が笑いながら声を潜めた。

〈生類憐みの令〉が始まってより既に二十数年を過ぎたが、依然御城内での魚介類の料理が禁じられている。

　巷間では全面禁止とまではいっていないが、魚料理は肩身が狭い。

　杉山杉風は、松尾芭蕉がまだ桃青と号していた頃、伊賀上野から江戸に下ったときに身をよせた芭蕉の高弟で、魚問屋〈鯉屋〉を営んでいる。

芭蕉庵は杉風が芭蕉に贈った庵だ。

廣之進の妻おたまが、出雲（いずも）の干し柿を盆にのせて運んできた。

「先ほどカケスさんが、留五郎さんからと言って届けてくれたんです。伊丹諸白（いたみもろはく）の下り船に便乗して届いたんですって」

留五郎は霊岸島富島町で船宿を営み、篤右衛門から手札を貰っている目明しだ。

「おう毎年のことながら、これを見ると師走という気分になるな。そなたも一緒にどうじゃ、ご相伴にあずかろうではないか」

おたまは嬉しそうにうなずくと、廣之進に微笑みかけて、干し柿を小皿にとり分けた。

見事な飴色に干しあがった柿には、白い粉がきれいに吹いている。

廣之進が定町廻見習同心として、篤右衛門に従って初めて手がけた事件が縁で、おたまは小鳥遊家に嫁いできて、二年前嫡男の慎太郎が生まれた。

カケスは留五郎の手下だが、本名は大胆にも綱吉（つなきち）。その名を使う者はなく、とめどなく喋るためにカケスが通り名となっている。

「うむ、しっとり柔らかくて上品な甘さじゃのう」

篤右衛門は口に入れると相好を崩した。

柿の種を口から取り出して置き場所を探した。千種が素早く小皿を差し出して種を受け取る。

廣之進はおたまと顔を見合わせて、笑みを交わした。

手拭で指をふきながら、篤右衛門が思い出したように言った。

「このところ、何者かに尾けられておるようなのじゃ」

「尾行？　何者ですか」

「はっきりとはわからぬ」

「いつ頃からですか」

「もうひと月になるかな。妙だなと思っておったのだが、今日はようやくちらりと姿を見た。町人風だったな」

「なにか心当たりでも？　父上」

「そんなものありゃぁせん。お役を下がってからもう三年目だ。儂が捕らえた者の遺恨が残っておったとしても、少し縁遠いとおもうが……」

供をした小者の清蔵も、おかしいと気づいていたと言う。

「わかりました。それとなく気をつけておきましょう。父上もせいぜいご用心を」

「なんだか嫌な話ですね」

千種はおたまと顔を見合わせて、溜息をついた。

「心配することはない。還暦にはまだ二年もある。まだまだ腕ではひけをとらぬ。こんなことは、御番所に勤めた以上いつまでもつきまとうものよ」

廣之進は苦笑した。篤右衛門は昔鳥見役として碑文谷（ひもんや）の御鷹場屋敷に住んでいた時代、餌差（えさし）の老人から鳥刺し竿の扱いを伝授された。北町奉行所定町廻同心に役替えとなり、その竹竿扱いの技を棒術に取り入れて、鮮やかに犯人を逮捕するところから、篤右衛門の棒術は定評がある。鳥刺し同心と呼ばれていた。

「清蔵に六尺棒をもたせてはいかがですか」

「それほどのことでもあるまい。仰々しいことをすれば、妙に勘ぐられるかもしれない。今度見つけたらひっ捕らえてやるわ」

「せめて杖でも持たれては」

「そのような年寄り臭いことなどすれば、もの笑いの種じゃ」

篤右衛門はしゃくれた顋を上げて、千種の言葉に眼をむいてみせた。

（二）

「神田松永町の、煙管(きせる)屋市兵衛の相談なんですがね、若。腹はたつが手だしのできねぇ話なんで、とりあえず宥(なだ)めてはおきましたが、若にだけには一応耳にいれておこうとおもいましてね」

夕刻廣之進が御番所から下がるのを待って、玄関脇の小座敷に待っていた留五郎が切り出した。日の暮れるのは早くなり昼が短い。

留五郎は、篤右衛門が定町廻になったとき手札をわたした岡っ引きだ。留五郎にとっては、今でも〈旦那〉は篤右衛門で、廣之進は〈若〉である。

「数日前市兵衛の店に、銭緡を売りつけに臥煙がやってきたんでさ」

銭緡は銅銭の穴に通して括る紐のこと。銭緡でくくられた百文や一貫文が、進物や礼物とされるようになり、飾り紐としての商品となっている。

上等の銭緡は麻の藍染で青緡と呼ばれて、十本くくりを一把、十把を一束と呼ぶ、相場は一把六文から十文見当である。

銭緡は武家屋敷の火消である定火消の臥煙が、役場（火事場）のないときの内職として編んでいるものが多い。通常は荒物屋や銭売りに卸して売られる銭緡を、刺青をひけらかせて直接町人に押し売りする者が増えて、ひんしゅくを買っているのだった。

「売りにきた臥煙は、牛込御門の定火消で臥煙の三吉って野郎ですがね。一束百五十文で買えと強談判をもちかけやがった。四束六百文のところを五百文にしてやると」

「相場とくらべりゃとても高いが、まぁ臥煙の押し売りにしては、おとなしいほうではないのか」

「ところが若、これがなんとも銭を出せるような代物じゃねぇらしいんでさ。なるほど色は青いが、モノは不細工に編んだ藁だ。一貫文どころか百文をくくっても、すぐバラバラになるような藁屑だったらしい。ちゃんとしたものなら少々高くても買うが、これじゃとても買えねぇ、と市兵衛が突っぱねた」

「うむ」

「野郎はしばらく凄んでから引き上げたらしいんですがね。それから数日たった日、とんでもねぇことになった」

　廣之進は眉を上げた。

「死んだ猫が店先に放り込まれたんでさ」

「なんだそれは」

「それも市兵衛が可愛がっていた猫なんでさ。驚いて猫を抱き上げたところへ、示し合わせたように変な野郎が現れやがった。作治って野郎でさ。ぱっと見とは裏腹に、評判の悪だ」

「何者なんだ」

「口入屋(くちいれや)の手代って触れこみで、主に普請場や瀬取り人足なんかの口入屋をしているんですが、作治の連れてくる人足は、無宿人など性質(たち)のよくねぇ連中で苦情が多い」

　作治は、数軒の口入屋の名を借りて商売をしているという。

「どうやら臥煙の三吉とつるんで、押し売りをしているようなんでさ。半端な銭緡を買うのを断った者には、色んな嫌がらせをしているという噂がある。今回も市兵衛が、猫を殺して捨てようとした、と言い立てているのも、その類(たぐい)ではないかと近所の連中は言っています」

「そんなこと、誰も信じないだろうが。もし本当なら憐れみの令にひっかかる」

「そうなんで。憐れみ令があるのに、可愛がっていた猫を殺すなんてことを、自分がするはずがない。三吉が猫を殺して放り込んだんだ、と市兵衛は言い張っていますがね」

「誰か見た者がいるのか」

「それがいないから、野郎たちは言い放題なんで」

「市兵衛が猫を殺したという証拠もないのだろう？」

「死んだ猫を市兵衛が取り上げたとき、店へ入ってきた作治が見たっていうだけでさ」

「そんなもの証拠にはならない」

廣之進あきれ顔で言った。

「ところが作治の野郎、犬目付にうまく取りいっているらしいんで」

留五郎は悔しげ言った。

「犬目付だと？　妙な取り合わせだな」

「作治は昔、渡り中間だったみたいで、どうやらそのとき知り合ったらしいのですが、深見様とかいう犬目付の下っ引きみたいなこともやっているらしいんです」

「犬目付の深見？　うむ二度ほど会ったことがあるな」

深見高之助は、廣之進と同年輩の男で大柄の男だ。若いのに無遠慮で、やたら押しが強いという印象だった。

「深見殿が後ろに？」

廣之進は腕を組んだ。銭緡を押し売りする臥煙の噂はよく耳にしているが、役人を後ろ盾にするとは悪質だ。

「出すもの出したら、深見様にとりなしてやる。出さなかったら、猫殺しで訴える」

「そいつは絵にかいたような強請りじゃないか」

廣之進は腹立たしげに言った。

「そうなんでさ。お上になんとか頼めないかと、町役人の京屋久助と一緒にあっしんところへやってきたってわけで」

「猫殺しとなれば、名主以下もお咎めを受ける、ということだな」

廣之進は、町役人の意図を察した。

「さいです。あっしは久助に言ってやったんです。猫についちゃ悔しいが、今は犬目付はどんな無体な事でも通すことができるご時世だ。深見様がきちんとしたお取り調べをしてくださる方かどうか、わかったものじゃねぇ。一旦公にことが進み始めると、もう後に引き返せない。ここは思案のしどころだ、と」

「腹立たしいがその通りだな」

廣之進がうなずきながら言った。

「ところが、市兵衛って男は意地っ張りで承知しねぇ。久助もどう思案したらいいか教えてくれ、とねばりやがる」

「作治はいくら出せと言っているんだ」

「五両」

「なんと、五百文が五両か。よほど自信があるのだな」

廣之進は、あきれ顔で天井を仰いだ。庭を吹き過ぎる風が障子をゆらし、行灯の灯が少し揺れた。

「ここで私たち町方が首を突っ込むと、嫌がらせが余計激しくなるだろうな。もし訴えられて吟味となれば、この件では口書（くちがき）（供述書）を作るのは犬目付だから、私たちは大番屋での町方与力の吟味まで手は出せない」

「口惜しいですね」

留五郎は口を歪（ゆが）めてもう一度言った。

市兵衛が突っ張ると、まず自身番へ連行されて、犬目付に取り調べられることになる。

犬目付は、若年寄支配下の御小人目付（おこびとめつけ）から特任の形で任命された者だ。御犬毛付帳（おいぬけつけちょう）という犬の登録制度の管理をし、生き物の虐待などを監視して取り締まるために新しく設けられた役で、老中支配下の町奉行所とは支配筋が異なる。

本来武家を監察するのが目付だが、犬目付は事生き物に関しては町人を追捕（ついほ）できる権限が与えられており、権限区分が町方と錯綜（さくそう）しているので問題が絶えない。

自身番での取調べ調書である仮口書ができ上がると、大番屋送りとなる。その文書である捕物書上げの作成は、通常定町廻か臨時廻同心が作る。が、もし市兵衛が深見に取り調べられるとなると、犬目付がそれらの書類を作ることになる。

この初期の取調べの際、犬目付の横暴がまかり通るというのが実情だった。
大番屋での吟味では、自身番で書き上げた仮口書が基になる。だから自身番の取調べの過程で、容疑者の運命はほぼ決まるというのが通例だった。正義は必ず通るとは限らない。
留五郎の市兵衛への対応は、悔しいけれど正しいと言わざるを得ない。
禄高では町方同心は三十俵二人扶持だが、犬目付は十五俵一人扶持。しかし犬目付は御譜代席、町方同心は一代限りのお抱席で、役格では犬目付が上である。
拷問などの厳しい取調べに、市兵衛が堪えられず判を押せば、奉行所の御白州では、ほとんど勝ち目はない。

　作治という口入屋は、そのあたりの事情をよく承知していて強請（ゆす）っているようだ。

「深見殿はまこと承知の上なのか」

「そこんところがわからねぇ。あっしはまだお目にかかったことはねぇんです」

「作治は他でも同じことをやっているかも知れない、それにも深見殿が絡んでいるか一度調べてみてくれ。作治のはったりかもしれない。深見殿については俺も少し評判を調べてみよう」

　廣之進は、若いのに脂ぎった深見の顔を、もう一度頭に浮かべた。

（三）

「父上に訊くと、俳諧の寄合のときによく気づくと言われるのだ」

梅助は廣之進の言葉にうなずきながら、鬢盥の髪結い道具を丁寧に片付けている。髪結いの梅助は、篤右衛門子飼いの目明しで、毎日八丁堀へ日髪日剃りに通ってくる。日髪日剃りと朝湯は八丁堀役人の特権だ。

「清蔵と相談して、少し見張ってみてくれぬか。父上に知らせずやったほうがいいかもしれない」

「承知しやした、若。旦那は痛い腹を探られるような人じゃねぇ。となると島帰りの執念深い野郎かもしれやせんねぇ。旦那の話だと尾行も玄人はだしのようだし、清蔵さんと相談してやってみやしょう」

梅助も廣之進を若と呼ぶ。のっぺりとした役者のような顔が一瞬ひきしまった。

鬢盥を片づけている梅助の傍で、おたまが両刀と十手を差し出した。

「今日、父上は？」

「大川端の吟行があり、夕刻にはそのまま深川山本町の喜田屋さんのお宅へ伺うそうです。歌仙があり、連衆としてお呼ばれになっているとのことで、張り切っておられます」

「この寒空に大川端の吟行か。好きなこととはいえ皆大変だな」

定町廻同心定番の黒羽織を、前に置いたおたまが微笑んだ。

「歌仙ってのは、三十六句を競い合ってつくるってやつですね。どこを押せばあんなに次々と句を思いつくんでしょうかね。あっしにゃとんとわからねぇ」

梅助が首を振っている。

「頼むぞ」

おたまから羽織を着せかけられながら、梅助にもう一度言った。

「承知しやした。じゃあっしはちょいと清蔵さんと」

梅助は縁から下りて草履をはいた。木戸門前で御用箱を背負った清蔵が廣之進の出立を待っている。

「お戻りは?」

「今日は留五郎と神田へまわる。少し遅くなるかもしれない。今夜は父上もお出かけらしいから、そちも紺屋町を覗いてみたらどうだ。義父殿（おやじ）や義母殿（はは）も慎太郎の顔をしばらく見ておられないだろう」

「ありがとうございます。義母様と相談いたします。お気をつけて」

おたまは嬉しげに頭をさげた。


翌日正午すぎ、廣之進は中間の清蔵を、篤右衛門の供のために先に帰し、迎えにきた留五郎の手下政吉と奉行所を出て、神田松永町の煙管屋に向かった。

留五郎一家の番頭格である政吉は、築地の石屋の次男坊である。

煙管屋の市兵衛の先代の墓を、政吉の店が築地本願寺の墓所に建てた関係で、留五郎は市兵衛と付き合いのある政吉を廣之進につけた。造作の大きい顔に似合わず、いつも笑みを浮かべている大男だ。

「市兵衛の先代が、前の将軍家綱様の時代に、水戸の中納言光圀様に煙管を献上したのが自慢でしてね。それで市兵衛はあちこちの旗本屋敷に出入りしているんでさ。根っからの意地っ張りのうえに、そんなこともあって少々鼻が高い」

「腕がいいんだな」

「いや、商売は上手いが、残念ながら市兵衛には、親の腕が受け継がれてねぇんです。だけど先代からの銀師(しろがねし)や羅宇(らう)屋のいい職人を抱えていましてね、銀切嵌(ぎんきりはめ)の雁首と吸い口は有名で、お武家からの注文が多いんでさ」

「銀の雁首とは豪勢な煙管だ」

「そうなんで。銀無垢以外にも銀に金や銅の飾りをあしらったりして、なかなか粋な煙管ですよ。中納言様に献上した煙管は、金無垢彫金(きんむくちょうきん)の雁首に黒漆に梅の蒔絵の羅宇なんだそうです」

政吉は特別褒めるでもなく、淡々と言った。

常盤橋御門から時(とき)の鐘のある本石(ほんごく)町を通って、おたまの実家信濃屋がある紺屋町の通りを抜けた。

〈おたまは来ているのかな〉辻の向こうに信濃屋の看板をみて、一瞬考えがよぎった。

薄日のさす風のない日で、陽だまりに猫がうずくまっている。

「市兵衛は、出入りしている旗本に頼んでみようか、と言っていたこともあるようです」

「旗本に頼むと、付け届けなどいろいろ後がうるさいぞ」

「そうなんで。商売上手のくせに変なところで目先のことがわからねぇ。可愛がっていた猫を殺され、そのうえその猫殺しとまでいわれて、よほど頭に血が上ったんでしょうね。親方に突っぱねられて、ようやくあきらめた」

神田川にかかる和泉橋をわたり、下谷御徒町通りを神田松永町に向かう。市兵衛の店は通りに面していて、町名主京屋久助の呉服店と軒を並べている。思ったより立派な店構えで、朱塗り羅宇の太煙管(たきせる)の絵を彫りこんだ屋根付きの置き看板が店先に立っていた。

暖簾をわけて店に入ると、小函に収められた様々な種類の煙管や白絹の上に並んだ雁首や吸い口、羅宇などの部品が入った平箱が数種類、框(かまち)の前に置いてあった。先客が品定めしたそのままのようだ。奥の帳場格子の中で、中年の男が帳面をつけていた。

「番頭さん、旦那はいるかい」

店に入ってきた廣之進たちに顔をあげた男に向かって、政吉が声をかけた。待ち合わせている留五郎はまだのようだ。

「あ、政吉さん。旦那は今京屋さんです。すぐ呼んできますよ」

番頭は気軽に立ち上がると、廊下の奥に「おい、誰か」と声をかけた。丁稚が出てきて、草履をつっかけて隣へ向かった。廣之進たちがくるので、相談に行っているらしい。

「煙管だけ扱っているんじゃないんだな」

暖簾のかかった奥の廊下を覗きながら廣之進がいった。奥からまた丁稚が出てきて、廣之進たちに挨拶すると、壁際の戸棚に平箱を仕舞った。

「奥では三人ほど修理専門の住み込み職人がいます。羅宇屋や鍛金師(うちがね)なんかの請け職人は外でさ。いっとき莨(たばこ)まで売ろうとして、莨屋の寄合から文句をいわれたことがあります。なかなか商売熱心ですが、同業にはあまり受けはよくない」

通りから話し声が聞え、丁稚に案内された男が二人店に入ってきた。

「これは、小鳥遊の旦那、お呼びたてして申し訳ありません」

恰幅のいい男が白髪頭をさげた。町役人京屋には廣之進は二度ほど会ったことがある。

「ご苦労様です。番頭さん奥へお通ししておかなきゃ駄目じゃないか」

市兵衛だろう痩身の男が、番頭に小言をいう。狭い額によく皎(ひか)る眼。薄い眉は癇症らしく跳ね上がっている。客が帰ったあとも商品をそのままにしていたり、どうも番頭はあまり気働きが良くない男らしい。難しい顔の市兵衛を見て廣之進は苦笑した。

腰を何度も下げる番頭に案内されて、奥の部屋に通された。政吉は入り口近くに控える。

「市兵衛でございます。留五郎親分にはお世話になっております」

改めて市兵衛が挨拶しているとき、留五郎が番頭に連れられて入ってきた。

「すみません、遅れました、若。師走にはいると、やっぱり忙しくなりまして」

ふっくらとした顔を少し汗ばませて、市兵衛の勧める席に座った。

「そう、深川八幡の年の市がもうすぐですな」

京屋が相槌を打つ。八日の事始め、十三日のすす払いの日が済むと、正月の準備に必要な品々を売る年の市が、深川八幡を皮切りに江戸の社寺で始まる。

「京屋さんの店もかき入れでしょう」

「いやいや夏場に比べると寂しいものですよ」

久助は大仰に両手を振ってみせた。留五郎は苦笑した。客の出入りからみても、それほど落ち込んでいないはずだ。

近年奢侈(しゃし)禁止令によって、町人の贅沢が抑えられているが、特に呉服商は規制が厳しく、女物では総鹿の子や金紗(きんしゃ)が禁じられたり、男物では色が、鼠、茶、青三色に制限されたりしている。しかしそんな中でも呉服商たちは、路考(ろこう)茶、利休鼠、鉄紺など数十種の色合いを考案して、したたかに商売をしている。

「さてと……」

ひとわたり雑談が終わると、留五郎が改まった顔で廣之進をみて口をきった。

「作治がやってきたそうですな。市兵衛さん」

「そうなんです。三吉と一緒にやってきました。この間親分から少し様子を見ようと言われておりましたので、私は留守のことにして、番頭に応対させてお引取り願ったんですが、どちらにしろ、もう返事をしなくちゃなりません」

市兵衛は性急に言い立てた。

「なんと言ってきたのだ」　廣之進が穏やかに訊いた。

「早く格好をつけろ、と」

番頭に用意させていたらしい藁束を差し出してみせた。

「こんなもので五百文だなんて、人を莫迦にしていますよ、旦那。金は惜しかぁないが、こんな没義道(もぎどう)が通ることは許せません」

ばらばらと藁屑がこぼれる青い銭緡を振り回した。久助と留五郎が顔を見合わせている。

「わかってますよ、市兵衛さん。だから今日は八丁堀の旦那にわざわざお出まし願ったんだ」

こめかみに青筋をたてている市兵衛を、うんざりした顔で留五郎が宥(なだ)めた。

「承知と思うが、我ら御番所同心と犬目付は、仕える上が違う。これによって御仕置きの軽重が異なることもある。こんなことは他でもよくあることなんだが、犬目付については、特に差がひどい。正直いって我ら御番所も苦々しく思っておる。だが筋違いのところへ口を挟むのは難しいと言うのが実情なのだ」

飾らない廣之進の言葉に、久助が苦笑している。市兵衛が不満げに唇を尖らせて言った。

「今回殺された私の猫が、強請(ゆす)りの確証じゃないですか。可愛がっていた私が殺す訳がない。第一店先へ猫が投げ込まれて、丁稚が知らせに来たので、私が店先に出た。そのとき都合よく作治が店へ顔を出したんですよ。三吉が放り込んだ後、示し合わせて現れたに違いないんだ。あんな口入屋風情が私のような店に、出入りする訳がない。煙管入れを買いに来たとか嘘八百並べおって」

店の格が違うのだと力説する。

「わかってますよ。しかし、三吉が投げ込むところを見た者はいない。気持ちはわかるが、無理が通ることもある」

留五郎が引き取って答えた。

「わかっていながら、なんでそんなことが……」

「犬目付ですよ、市兵衛さん」久助が宥めるようにいう。

「犬目付様が、作治の言葉をお取上げになるってことですかい？」

市兵衛は怒りの収まらない顔で留五郎を睨んだ。

「そうだ。今度の犬目付の深見殿に、作治はよほど上手く取り入ったのか、調べてみると根岸や千駄ヶ谷でもよく似た話があるのだ。作治の言葉は、はったりとは侮れないものがある」

「そんな莫迦な」

廣之進の言葉に市兵衛は、少ししおれながらも吐き捨てるように言った。

「今度の深見様が役につかれたとき、一度近隣の名主をあつめて顔合わせがありましたが、どちらからこられた方ですか」

久助が廣之進に訊いた。

「小普請組から御役付になった程度のことしか、わからんのだ。役宅はたしか市ヶ谷の御徒組の大縄地だったと思う」

「そうですか。上様の前で頬にとまった蚊を殺して切腹となった小姓の話があるでしょう。あの話をしながら、鳥獣は勿論のこと虫や蛇にいたるまで生き物には憐れみをかけよ、と厳しいことをおっしゃっていました」

久助はどうしようもないという風に首を振り、廣之進を見つめた。

「生類憐れみも二十年を超えると……」

横から口を挟んだ市兵衛は、久助に袖を引かれて口をつぐんだ。廣之進は苦笑いをうかべた。

「口惜しいとは思うが、作治が猫殺しまで持ち出してきたとすれば、もう五百文では収まらないだろう。その藁屑は、はじめから仕組んだ筋書きかもしれない。その横車を覆そうと苦労するより、今回は五両でカタをつけたほうがいいと私は思う。あえて危険を冒すほどのことでもあるまい。自身番へ引っ張られると、犬目付も意地があるから、大番屋へ送りたがる。ここはお主ら得意の損得勘定が必要ではないかの」

「長い物には巻かれろとおっしゃるんですか」

市兵衛が突っかかる。

「そうじゃないんだよ、市兵衛さん。旦那は〈抜け〉で収めたほうがいいとおっしゃっているんだよ。普通なら町廻の旦那がここまで腹を割って話してくださることなんかないんだ。ちゃんと話を訊いてくださっただけでも有難いとおもわなきゃ」

久助が小声で盛んに宥めている。廣之進は聞こえぬふりをした。

〈抜け〉とは、例えば町内で僅かな盗難事件が起きた場合に訴え出ると、書類つくりのために証人として家主同道で奉行所まで何度も出頭せねばならず、家主にはその度に日当を仕払うため、盗難品より費用が高くつく場合がある。こんなとき盗難の事実を調書から抜く便宜を計ってもらう。これを〈抜け〉と呼ぶ。

隠密廻二名、臨時廻六名、定町廻六名、南北奉行所合わせて僅か二十八名の廻同心で、江戸御府内を取り締まるために編み出された暗黙の便法だ。

「しかし、三吉が殺した猫を店へ放り込むのを見たという者がいれば、話は別だ。これは憐れみの令とは関係なく強請り（ゆすり）ということで我々町方の仕事になる。ここは一旦引いて収めておいたらどうだ。証拠さえ見つかれば、三吉の無法も取り締まることは後からでもできる。我らも至急調べよう」

市兵衛は廣之進の言葉にも納得しない様子で、不機嫌な顔で黙り込んだ。

「今突っ張って、大番屋まで行ってでも争うってつもりなら、あっしは止めませんがね」

留五郎のとどめの一言で、ようやく市兵衛はうなずいた。

「わかりました。ついてはお願いなんですが、作治と三吉に話をつけるとき、留五郎親分に立ち会っていただけませんか。こちらも少し睨みを利かせておかないと、あとあと莫迦にされる」

「いいだろう。今回は相手の言い分を通してやるんだ。これ以上嫌がらせはないだろう。留五郎、せいぜい脅かしておいてやれ」

「承知しやした、若。作治にも遠慮ってぇことを思い出させておきやすよ」

廣之進の言葉に、留五郎が笑いながら請け負った。

（四）

本石町の夜四つ（二十二時）の鐘ぎりぎりに、篤右衛門が帰宅した。駕籠（かご）に乗り、ほろ酔いの上機嫌である。

「いかがでしたか、歌仙の入れ句は」

部屋に落ち着いた父に言った。

「出勝連句（だしがち）だったけれど、七句も入れたと、ご機嫌ですよ」

篤右衛門の脱いだ羽織を畳んでいた千種が、廣之進に顔をしかめてみせた。

「連衆は六人だからの。儂のようなものが七句とは、まぁよいできじゃろう」

連句を書き取った二枚の懐紙を広げてみせた。初（しょ）の折で一句、二と三の折で四句、名残の折でも二句となっている。熱い茶を満足気にすすった。

「父上以外は深川衆ですか」

「いや、本所の衆もいるようじゃの。亭主の喜田屋を筆頭に執筆（しゅひつ）は大竹屋。これは紫竹という俳号をもっておる。皆町人よ。儂も町人のようなものだ」

「なにか美味しいものを頂いてきたようですよ」

「杉風殿の門下のせいか、旨い魚がいつも出るのだが、今日は珍しいものを食べた。但しこれは内密だぞ」

「なかなか教えてくれないのですよ」千種が笑いながら首を傾けた。

「いいか、我が息子として教えてやる。定町廻同心小鳥遊廣之進にではないぞ」

「なにか怖いもののようですね」

「桜節じゃ」千種に声を潜めてみせた。

「なんと、あの……?」

廣之進は驚いて問い返した。

「そうじゃ。それが、醤油、みりんの浸けかたが絶品での、七味まできかせてある。昔を思い出したぞ。やはりあのような旨いものは、密かに作られ続けておるのじゃのう。このぶんだと桜肉の刺身も信濃の奥地へいけば食えるかもしれん」

「なんと恐ろしいことを、おっしゃいます」

千種が真顔でたしなめた。

「これは父上、私は聞かなかったことにしましょう。それにしても大胆な町人どもですな。喜田屋も父上の立場を承知しているのに」

「うむ。庄兵衛は古い付き合いじゃからの。儂もこれきりにしておいたほうがよいぞと言っておいた。こんな話は使用人たちから漏れてくるものじゃから」

仙台堀北の山本町浄心寺東門前にある喜田屋庄兵衛は、篤右衛門の鳥見時代からの友人である。

「そうでしょう。父上も少し心されたほうが……」

「わかっておる。連中にも強く釘はさしておいた」

「それがよろしいでしょう。それで、例の跡を尾ける者は現れましたか」

言ってから気づいた。

「まさか父上、桜節喰いを探られているのでは……」

「うむ儂もそれは考えた。しかし、いままで魚は食ったが獣肉が出たのは今回初めてであったから、それはないだろう。連衆には、探られているかも知れぬと脅かしておいた。しかし、旨かったぞ、あの桜節は」


梅助が月代(さかやき)に剃刀をあてた。朝湯から戻った廣之進の肌はまだ火照っている。無料朝湯朝剃りは、八丁堀役人ならではの数少ない役得である。

夜来の雪で、障子の外の庭木には、淡雪が乗っていた。

「昨夜の歌仙では、桜節を食べられたそうだ」

「桜節ですか。あっしは食ったことはねぇんですが、そんなに旨いものなんですかね」

梅吉は月代を剃り終えると、剃刀を濡れ手拭いで丁寧にぬぐった。

「俺も食べたことはない。いや幼年の頃食べたらしいんだが覚えておらんのだ」

「長い時間かけて燻すんですってね。馬の肉なんて食いたくなるような面じゃねぇ」

「面といやぁ猪なんざ、怖い顔だ。旨そうな顔じゃない」

「だけど、馬は猪と違ってお侍が乗るもんでやしょう？　食うもんじゃない。馬はお侍にとっちゃ家来みたいなもんでしょうに」

「昔は犬も食った。赤犬が旨いそうだ」

「そんな風に言われると、将軍様のご禁制もまんざらでもねぇと思えてくる」

　梅吉は笑った。

「おや、お前も意外と優しいんだな」

「あはっ、深川や日本橋界隈ではもっぱらそういう評判ですよ」

　笑いながら鬢付けをつけて髪を漉きはじめた。

「で、どうだった」

「永代橋の東詰から大川端を上ったんです。集まったのが十二、三人でした。一行は大川端から上の橋をわたって仙台堀に沿って、清澄の紀文屋敷のお庭に入れてもらっていました」

「そのようだな。父上に聞いた。お前たちも紀伊國屋の屋敷へ入れたのか」

「いえ清蔵さんは門の外で待っていました。勿論あっしは別の路地陰でさ。だけど深川の旦那衆とはいえ、よく紀文の屋敷へ入れてもらえるものですねぇ」

後頭部から離して髪を纏め、それを高くあげて紙縒りで縛る。それを月代の後ろに据えた。

「紀文は亡くなった其角殿に師事していて、千山という俳号を持っているのだそうだ。其角殿はもともと芭蕉の弟子だったから、同じ蕉門で杉風殿の門下である深川の旦那衆は、特別に入れてもらったんだろう。紀文に会ったのか」

「留守だったそうです。あとで清蔵さんに聞くと、吟行の衆は、それは豪勢な庭だった、と褒めちぎっていたようです」

「それはそうだろう。天下の紀文だから、半端なものじゃないだろう。それで、そのあたりに変なのはいなかったのか」

「気をつけていましたが、見当たりませんでした。紀文の屋敷で皆さん中食をすませて、今度は小名木川を越えて常盤の芭蕉庵へ向かいました。芭蕉庵でしばらく賑やかに句を詠みあってから、暮れ六つ（十七時）前くらいですかね、お開きとなりました。それから六人の旦那衆が浄心寺門前へ向かったんでさ」

髪油で固めて丁髷の形を整え始める。

「尾ける奴はいたか」

「芭蕉庵前で見かけた野郎を、喜田屋の前でも見かけたような気がするんです」

「やはりいたか。清蔵はなんと言っている？」

「清蔵さんも気づいていたようですが、二人で付き合わせると風体が違うんでさ。あっしがみたのは尻からげした職人風なんですがね。清蔵さんは風呂敷抱えた手代風のなりだったと言う」

「二人いたのか」

「そこんところがはっきりしないのですがね、だけど旦那たち連衆の六人が喜田屋に入って行くときは、手代風なのが一人いました」

「うむ、その様子だと計画的だな。思いつきとは思えん。用心してかかる必要があるな」

八丁堀風の小銀杏（こいちょう）の毛先を丁髷櫛で揃え、鬢出し櫛で後頭部の髱（たぼ）を整えると、柄を差し込んで丁寧に膨らませた。梅助は少し下がって具合を確かめている。

廣之進は背筋を伸ばした。

（五）

「なんで富島町（とみしまちょう）の親分が、ここにいるんですかね」

市兵衛を先頭に久助、留五郎、政吉が奥座敷に座ると、ふっくらとした頬を歪めて作治が言った。恰幅のある軀を、仕立てのいい呉服物の羽織小袖で包み、大店（たな）の番頭風の押し出しである。

柔らかいがのっけから挑戦的な口調だ。

真冬だというのに法被一枚の胸をはだけた臥煙の三吉が、作治の言葉につれて立膝になる。背中から胸にかけて彫ってある龍の刺青をこれ見よがしにみせつけて、二人の正面に座った四人を三白眼で睨みつけた。芝居の観すぎだな。留五郎は苦笑した。

「俺は立ち会いだ。妙な小細工されないようにな」

「小細工ですか、あたしがたまたま、市兵衛さんの妙な姿を見たもんで、道理を通そうと思っただけでございますよ」

作治は留五郎の言葉を馬鹿丁寧にうけて、うすら笑いを浮かべると、じろりと市兵衛を見た。

「何が道理だ。何がたまたまだ。お前たちが仕組んだことじゃないか」

「おや、妙な言いがかりをつけますねぇ市兵衛さん。聞き捨てならねぇ。あっしたちが仕組んだって証拠があるんですかい」

いきり立つ市兵衛を、京屋が袖を引いて制した。作治が嘲り顔で顎を上げた。

「ま、作治さん。今日は手打ちをして頂こうと思ってお呼びしたんですよ」

久助が宥めるような口調で言う。

「何分にも内密に、との事だったんで、やってきたんですよ、京屋さん。手打ちだったら名主さんだけでいいのじゃござんせんか。十手持ちのお方がいたんじゃ、内密もあったものじゃない。そうでしょう？　ねぇ市兵衛さん」

粘っこい口調で市兵衛の顔をのぞきこんだ。市兵衛が顔を紅潮させて黙り込む。

「このあたりの揉め事は俺の縄張りだ。よかれ悪かれ顚末はきちんと見届けておかないといけねぇ。話は市兵衛さんから聞いている。おめぇたちの言い分を市兵衛さんは呑むと言っているんだから、納得ごとに俺が口を出すつもりはねぇ」

「それで？　どうしろとおっしゃるんですかねぇ」

作治は留五郎を無視して、京屋に向き直った。成り行きを眺めていた京屋が、急いで懐から袱紗に包んだ物を取り出して、畳の上を滑らせた。

作治は大仰に顔をしかめると、三吉を振り返った。三吉が袱紗を引き寄せ畳の上に置いたまま、片手で面倒臭そうに袱紗を開いた。小判がきらりと光る。三吉はふんと鼻を鳴らして横を向いた。

「これはまた、こんな大金どうしろとおっしゃるんで」

芝居がかった仕草で、作治はため息をついてみせた。

「だから、先日の話のように……」

「そんな話をしましたかねぇ」

「誤魔化すんじゃないぞ、作治。犬目付にとりなすから、その口止め料が五両だとこの前に言ったから、こうして留五郎親分にも来てもらって、手打ちをしようとしているんじゃないか」

のらりくらりとした作治の態度にたまりかねて、市兵衛が膝を乗りだした。

「そうですか。それで、十手持ちのお方の前で、金を受け取れってんですかい。見損なっちゃ困りますぜ、市兵衛さん」

がらりと態度を一変させて、ドスを利かせた声を出した。修羅場に慣れた態度だ。いつもおっとりとしている政吉が、顔色を変えて口を開きかけたのを留五郎が制した。

「私が可愛い飼い猫を殺す訳はない。全部お前たちが仕組んだことだ。それに目をつむってやろうと言っているんだ」

「ほう、そうですかい。それがおめぇさんたちの腹なら、深見様がなんとおっしゃるか、楽しみですな。ま、今日のところはこれで」

あっさりと作治は三吉を促した。

「ま、待っておくんなさい、作治さん。今しばらく、しばらくお待ちを。留五郎親分に相談した私がいけなかったんだ。ここはひとつ私の顔をたてて受け取っていただけませんか」

作治をサン付けにして久助がおろおろと留五郎を振り返った。市兵衛が額に青筋を立てて真っ赤な顔で作治をにらみつけている。

「おめぇの顔は、どうやってたてりゃいいんだよ」

三吉があげかけた腰を落とすと、舌なめずりするような顔でいう。

「えぇ、えぇ！　いかほど？」

久助の言葉に、三吉が小馬鹿にしたように嗤った。

「作治、おめぇ何を企んでいるんだ。あまり阿漕（あこぎ）なことを言うと、俺も黙っちゃいねぇぞ」

黙ってやりとりを聞いていた留五郎が、二人を睨みつけた。政吉も顔を真っ赤にしている。

「おや、富島の。どうなさるおつもりで。あたしも伊達に口入屋の看板を張っているんじゃないんですよ。人足や無宿人相手に身体を張ってきた男だ。口はばったいが、いつでも受けてたちますよ。御法度通りにね」

作治は、御法度通りと念を押して薄笑いを浮かべた。

「ま、そう思ってろ」

これ以上の紛糾をさけて、留五郎は悔しげに引きさがった。

「話はちがいますが、富島の。小鳥遊さんの息子もこの話は承知しているんでやしょうね」

「おめぇに言うことじゃねぇ」

警戒しながら答える。

「そうですか。仮に知っていたとすると、廣之進とおっしゃいましたかね。猫殺しを見過ごすことになりますよねぇ」

「市兵衛がやったと決まったわけじゃねぇ」

「それはどうでしょうかねぇ。猫殺しは今のご時世では大罪ですからねぇ。深見様がなんとおっしゃるか。ま、市兵衛さんは、きつい御調べをうけなさることになるでしょうな」

にこやかに言いはなつと、立ち上がった。

青くなった市兵衛が畳に両手をついた。京屋も蒼白な顔で腰を浮かせたが、そのまま諦めて座りなおす。作治たちが足音荒く部屋を出て行った。

「どうしよう親分！」

市兵衛が蒼白な顔で留五郎にいう。久助もすがるように留五郎を見た。

「野郎！」

留五郎が口惜しげに唇を引き結んだ。

「この上にまだ強請るつもりでしょうか」

久助が唇を震わせる。

「今度は俺や小鳥遊の旦那に内緒にすることを条件に、五両に上乗せを言ってくる魂胆だろう。一喧嘩を覚悟しねぇと駄目かもしれねぇ」

「待ってください。待ってください。これ以上親分に縋るとまた余計話がややこしくなる。親分に来てもらうんじゃなかった。ここは名主さんと相談します」

市兵衛が血相を変えて留五郎を制した。留五郎が苦笑いして政吉を見た。政吉も太い首を振っている。

「じゃあっしはこれで。奴等はすぐなにか言ってくることはないでしょう。旦那方があっしや小鳥遊の旦那に相談するはずがねぇと、タカをくくっていますからね」

皮肉をこめた留五郎の言葉にも気づかず、二人は後ろを向いて何事か小声で相談しあっている。

立ち上がった二人におざなりの挨拶を返す。留五郎と政吉は部屋を出た。

「どうしようもない悪だな、作治って男は。呼吸を知っている。用心深い男だ。金の受け渡しを見届ければ強請りの現場を押さえたことになるとおもって、お前を立ち合わせたが、うまく逃げられた。このままじゃあの二人は毟(むし)られっぱなしだ。なんとかしなくちゃならないな。一度年番方与力の稲垣様と相談することにしよう。いくら犬目付だといっても、ここまでやるとなれば、ほうってはおけない」

　八丁堀屋敷の玄関脇の小座敷で、今日の留五郎の話を聞いた廣之進が腕を組んだ。

「その作治って男は、どうも腹に一物あるような気がする。金高を釣り上げるには強気過ぎるな」

　脇で黙って顚末を聞いていた篤右衛門が言った。

「あっしもそんな気がするんでさ。大体臥煙の強請りはせいぜい二、三両ってとこですぜ。あまり爪を伸ばすと火傷するから、慣れた奴は退け時を知ってるもんですが、作治は違う。深見様の後ろ盾がそれほど確かなんでしょうかね」

　留五郎が口を挟んだ。

「うむ、作治を少し甘くみていたようじゃな」

　篤右衛門の言葉に、廣之進は顔を赤らめた。

「何か握っているのかもしれぬな」

「何なんでしょうか」

廣之進が聞く。篤右衛門は首をふりながら顔をこすった。

「まだわからんが……、作治の強気をみればそんな気がする。三吉が猫を投げ込んだとき、他にも見たものがいないか、もう一度店の者に当たりなおしたらどうじゃ。対抗する確証がなければ喧嘩にならん。市兵衛がどんな風にして猫を飼っていたかも訊きだしてみれば、三吉が猫を手に入れた経緯がわかるだろう。そうすれば糸口が見えるかもしれない」

「はい、それは最初市兵衛に会ったとき言っておいたのですが、ここまでゴネるとは思っていなかったので、こちらも動いていなかったのです。作治がその気ならば、強請りで探索を早速始めます。留五郎、店の者にもう一度当たってみろ」

廣之進は悔しげに指示した。

「承知しやした。だけど、深見様の後ろ盾がはったりかどうかわかりやせんが、作治と三吉の仕業は許せませんよ。なんとか証拠を見つけて猫殺しで三吉を引っくくって、作治の鼻を明かしてやります。あっしの面子もありますのでね」

久助達の前で虚仮にされたのが余程悔しかったのか、留五郎が目を吊り上げている。

「頼むぞ。私も深見殿に二度ほど会ったことがあるが、アクは強いが強請りに加担する男には見えなかった。父上もなにかお聞きになっていませんか」

「昨日そちから聞いて、手は回しているのだが、よくわからんのだ。親は先代からの小普請組ということはわかっているのだが」

篤右衛門は腕を組んだ。

「作治は相当に執念深い男のようだ。今日の様子を聞いた限りでは、五両を蹴ったやりかたも初めから留五郎が出てくるのを予想して、応対を決めていたようにも思える。心してかからねば怪我をしそうだ。稲垣与力に相談するのはもう少し様子をみてからにしてくれないか。儂なりに調べてみたいこともある。今回の一件だけは、廣之進も留五郎も、逐一儂に話してくれ」

「わかりました、父上。お調べになりたいこととは、何でございますか。私なりにも調べますが」

「うむ」

篤右衛門は、曖昧にうなずくと、口を閉じた。

第二章　座敷鷹

（一）

篤右衛門は清蔵をつれて、役宅を出た。夕七つ（十五時）から仙台堀今川町の山口屋宗助の別宅で十八句の半歌仙があり、そのあと別趣向があると誘われている。

「このところ続きますねぇ」

いそいそと支度する篤右衛門を、千種が冷やかした。

浜風がまともに吹き付け、身を切るような寒さだ。永代橋を渡り、大川沿いに上流へ歩く。大川は波立ち、大小の舟が大揺れしながら行き来している。

米問屋山口屋の屋敷は、大川端の中ノ橋がかかる掘割を少し入った今川町にある。練塀をめぐらした瀟洒な屋敷だ。北側の仙台堀側は山口屋の店で、屋敷は裏で繋がっている。

すでに執筆（しゅひつ）の大竹屋駒六や数人の連衆は到着しており、賑やかに話が弾んでいた。篤右衛門が紹介され、元北町奉行所臨時廻同心と聞いて、みな一様に丁重な挨拶を返してきた。

京風の庭には、苔の上に冬仕度の枯れ松葉が敷かれ、葉を落とした娑羅の木の根元には藪柑子の赤い実が覗いていた。

やがて喜田屋庄兵衛が、冬木屋弥平次を伴って現れた。深川の材木問屋冬木家三代目上田弥平次は、宝永二年、深川仙台堀の冬木町に一万二千坪の地を幕府から譲り受け、茅場町から移ってきた。そのさい屋敷内に池を巡らせ、琵琶湖竹生島の弁財天を勧請して祀っている。

表千家と親交があり、尾形光琳を寄寓させるなど、風雅の庇護者として名高い男だ。

紀文や奈良茂のように、吉原などで金を蕩尽するような派手さはなく、堅実な商人だという噂で、五十半ばの猪首の男である。先日の歌仙で会っているので、弥平次はにこやかに頭を下げた。大商人によくある権高さはなく、さばけた態度で接してくる。

大きな軀を重そうにして座った喜田屋庄兵衛は、篤右衛門に笑顔で挨拶をすると、赤ら顔を一層火照らせて手拭でごしごし顔をこすった。

駒六が床の前に座り皆を集めた。それぞれの前に小ぶりの文机が置かれてある。一斉に矢立を取り出して文机に置いた。若い女中が懐紙と短冊を数枚ずつ配る。

「今日は半歌仙ですぞ。膝出しで巻いていきます。発句は冬木屋さんにお願いするとして、脇句は亭主の山口屋さんですな。今日は捌き手をおきませんので、治定は衆議判とします。あまりけなさぬようにお願いしますぞ。あとのお楽しみが控えておりますでな」

駒六の言葉に、皆一斉に笑った。連衆は八人である。発句脇句を除くとそれぞれ二句ずつ入句をすることになる。

治定とは入句の採用を決めることで、通常座の宗匠が捌き手としてその決定権をもつのだが、今日は順番に句入れする膝出しなので、捌き手なしの合議制の衆議判となった。内々の興行にはこの形が多い。

駒六が矢立を出して筆を取り出した。半歌仙であるから、初（しょ）の折一枚である。連衆も一様文机に懐紙をひろげ、短冊を片手に発句を待つ態勢となった。

冬木屋の雪見の発句から、山口屋の寒牡丹の脇句となり、その後は皆様々な姿勢で苦吟している。十八句をようやく巻き終わったとき、暮れ六つ（十七時）の鐘が横川の鐘つき堂から響いてきた。隣部屋に移動して、夕食の膳が出された。牡丹鍋が煮えている。篤右衛門は苦笑しながら箸をつけた。

その間に歌仙の間の文机が片付けられる。酌み交わす杯もそこそこに膳が下げられ、戻った座敷中央に白布がかけられた半畳の畳が置かれてあった。その四方が高さ一尺ほどの白屏風で囲われている。

「何が始まるのかな？」

篤右衛門が駒六に訊いた。カルタ賭博のようなものであれば困ると思っていたが、低い囲い屏風をみればそうではないようだ。

「おや、喜田屋さんがお話ししておりませんでしたか。座敷鷹ですよ。小鳥遊さん」

駒六が嬉しそうに告げた。大型の印籠のようなものを持っている。噂は聞いていたが、見るのは初めてだった。

蠅虎（はえとりぐも）と書かせる蜘蛛を競わせて、蠅を早く捕食した者が勝ちとする、江戸の旦那衆が密かに熱中している遊びで、座敷鷹と呼ばれている。

生類憐れみの令で、鷹狩を筆頭に闘鶏、闘犬、闘牛などの生き物を闘わせる遊びが、すべて禁じられている反動のように、密かに蔓延していると言われていたが、深く潜行していて実態を見たのは初めてだった。

奉行所はたかが虫遊びと、ほとんど問題にしていないのだが、犬目付が摘発に熱心だと聞いている。しかし、いまだ摘発されたことはない。

はやくも数人は畳座を囲んで座っている。皆一様に駒六の持っていたような容器を持ち、目を輝かせているのだった。

〈とんだところへ呼ばれてしまうたわい〉篤右衛門は喜田屋を睨んだ。喜田屋庄兵衛は、篤右衛門の視線に気づいて見返すと、赤ら顔を緩めてにやりと笑った。

観念したように首を振る篤右衛門に、冬木屋が声をかけた。

「小鳥遊様はご覧になるのは初めてですか」

「当たり前だよ。昔なら黙って見ているわけにはいかない」

弥平次は苦笑している。

「普通はこれで賭け事になるのですが、私たちは競わせるだけですよ。蠅を捕らえる速さを競うもので、蜘蛛合戦のように互いに殺しあうものではない。可愛いものですよ」

微笑みながら如才なく言いわけしている。

「そのようだな。ま、堅いことをいえば、ご禁制を破っているってことだけだ」

〈賭博ではないだと?〉見え透いた冬木屋のいいわけに、苦笑いしながら皮肉に答えた。

「ま、なにぶんにもお目こぼしのほどを」

弥平次が笑いながら大仰に謝ってみせた。目は笑っていない。

「息子には黙っておきますよ」

「よろしくお願いします。まぁご覧になってください。あんな小さな虫に、大の大人が大騒ぎするのが不思議だとお思いでしょうが、見ていればはまりますよ。座敷鷹とは誰が名付けたのか知りませんが、よくぞ付けたとお思いになります。まして小鳥遊様のような鷹匠だった方は」

篤右衛門は、鳥見だ、と言いかけてやめた。

駒六が虫籠から黒いものを箸で挟んで取り出し、白布の中央に置いた。蠅だ。白布を敷いた畳座は、御鷹場、と呼ぶと冬木屋が教えた。蠅は羽先を切って飛べなくしてあるようだ。執筆駒六は座敷鷹でも進行役を務めているらしい。

駒六の指示で、二人の連衆が三寸ほどの真竹を半割にしたような漆塗の小筐の蓋をあけて、白布に傾ける。蒔絵まで描かれた美しい小筐だ。葡萄一粒に満たない軀に、がっちりとした脚がついた蠅とり蜘蛛が白布の上に落ち、そのまま動かない。小筐は白布の隅に蓋を開けて置かれた。
鳥見時代に目にしていた女郎蜘蛛の蜘蛛合戦のような派手さはなく小さいが、灰色の斑模様で、全身繊毛に覆われている。前面の顔にあたる部分に鎌形の二本の口吻がある。これで獲物を咥(くわ)えるのだろう。その上に大きな目が二つ並び、その両側斜め上に小さな目が二つ並んでいるという奇怪な姿だ。蠅虎とはよく名付けたものだと篤右衛門は思った。軀に似合わない太い八本の脚で、布を力強く摑んでいる。

一方の連衆も蜘蛛筐を開けて蜘蛛を放した。これも負けず劣らずがっちりとしたいかにも強そうな脚をもっている。

こんなに蠅とり蜘蛛をしげしげと見たのは初めてだった。蜘蛛といえば〈蜘蛛のように手足を広げる〉という言葉があるように、細長い脚を広げて、するすると網を移動するという印象があるのだが、この蜘蛛はまるで違った。前後左右に動く蟹だ、それも毛蟹だ。

蠅虎は、布の中央で羽先を切られてうごめく蠅を認めたのか、軀を独楽のようにくるりと水平に廻した。がっちりとした顎の上に大きな二つの目玉がひかり、向き合った鎌のような口吻が不気味にうごめく。

みな固唾を呑んで見つめている。篤右衛門もおもわず引き込まれた。

突如一匹が何の前触れもなく高く跳び上がった。まるで焙烙(ほうろく)で炒られた豆のようだ。軀の大きさの何十倍もの高さである。

「おーっ」

一斉にみな歎声（たんせい）をあげた。声に釣られるようにもう一匹が水澄ましに似て、ピン、ピンと小さく跳ねながら蝿に近づく。

「いけーっ、虎丸。いけーっ」

蜘蛛の名を連呼しながら飼い主が叫ぶ。

「それ、龍王丸っ、目の前だ！　輪をかけろっ」

もう一方の飼い主がご大層な名の蜘蛛を励ます。今や座は二つに割れて両者の名を連呼しはじめた。

危険を感じたのか、蝿が懸命に脚を動かして白布を這う。最初に跳びあがった龍王丸が再び高く跳びあがり、蝿の後ろに回る。そのまま這う獲物を前に手足を小さく動かしている。口吻がうごめく。

「輪だ、輪かけだ。今だ、いけーっ。龍王っ」

声をからして叫ぶ飼い主の声をどこ吹く風に、龍王丸は悠然と大きな目で蝿をいたぶるように眺めている。

虎丸がまたピン、ピンと跳ねて、龍王丸の動きをうかがうように近づいてきた。

「それっ、それっ」

虎丸の飼い主が声を潜めてけしかける。まるで自分が蜘蛛になったように、軀を低くしている。

「あーっくるぞ、くるぞ。龍王。今だ、今だ、あーっ」

虎丸の動きを気にしながら、ままならない龍王丸の動きに、天を仰いで溜息をついた。

一瞬だった。目にもとまらぬ速さで龍王丸が蠅に跳びかかった。あっ、と気づくと蠅はもう後ろからガッチリと抱えこまれて、鋭い牙を打ちこまれていた。

「おうーっ」

一同の歎声があがり、拍手が沸く。

「でかしたぞーっ」

龍王丸の飼い主自身も這いつくばって、屛風越しに言い聞かせながら、蠅を食べている蜘蛛にうなずいている。

虎丸は戦況をみきわめたのか、またピン、ピンと滑るように走って筐の中へ自分から潜り込んだ。

蠅とり蜘蛛の遊びといえば、なにか陰湿な感じを拭えないのだが、これは違った。高く跳びあがる様はまさに超小型の鷹狩だった。観衆の熱狂振りや鮮やかな仕留め方は、爽快なものだ。

「輪かけとは、小鳥遊さんのような捕り方が、犯人に捕り縄をかけるように見えるところからそう呼ばれています」

冬木屋がそばに寄ってきて教えた。

「いかがですか、面白いでしょう」

「うむ。こちらの意のままにならぬところが面白い」

「あれでなかなか仕込むのは難しいのです」

「やはり仕込むのか」

「そうです。軀の大きい有望な奴を捕まえると、蝿にけしかけて仕込むのです。でないと闘いのときには長い間睨みあって何もしないことだってあります。やはり闘いの前は腹をすかしている奴のほうが素早いみたいですよ。だけど生まれつき強い蝿虎を見つけたほうが有利ですから、強い蝿虎探しが大変なんです。それ、井原西鶴の好色一代男の中で、出羽の寒河江(さがえ)で江戸へ売るために蝿とり蜘蛛を捕まえている男に、世之介が会うってところがあるでしょう。あんな風に蜘蛛の売り買いも実際にあります。おっとこれは内緒ですがね」

二回目の勝負が始まった。冬木屋が銚子を持ってきて篤右衛門の杯を満たした。

旦那衆の他愛もない道楽といえばそれまでだが、たしかに彼らを取り込む魅力があることは確かだった。

狩人(かりうど)の心は、誰の心にもあるものだな、鳥見だった己の心と被せて、小さな畳の上の狩猟に興奮する連衆を篤右衛門は眺めていた。

しかし、勇壮な鷹狩と違って、あまりにも小さな舞台だった。見慣れてくると、初見の興奮は冷め、飼い主たちの熱狂振りが惨めにも感じられてくる。

三番勝負は大騒ぎだった。一匹が屏風を駆け上がり、御鷹場から外へ飛び出したのだ。このような事態のために用意してあるのか、飼い主が捕獲用のしゃもじくらいの大きさの網を持って、部屋を這い回っている。

「〈遊女〉、止まれっ、待てっ」

飼い主の声に、篤右衛門は驚いて御鷹場を囲んだ人々を見た。

「〈遊女〉とは、わかって名付けておるのか」

「わかっておりますよ。憂さ晴らしですよ」

冬木屋が笑いながら杯を満たした。

「憂さばらしか。気持ちはわかるが、少しやりすぎですぞ」

うんざりした顔の篤右衛門に、冬木屋が少し居ずまいをただした。

「あーっ」

叫び声があがった。飼い主が畳に這い廻っている。篤右衛門と冬木屋はその傍に寄った。

「やってしまった。〈遊女〉を殺した」

飼い主が掌に蠅虎を乗せて呆然としている。伊勢屋良介という木綿屋の男だ。追いかけているうちに膝元に飛び込んだ蜘蛛を踏み殺してしまったらしい。

「あー」

落胆の声と共に座り込んだ。篤右衛門が冬木屋を睨んだ。

「みなさん。このことは他言無用ですぞ。〈遊女〉という名の蠅虎を殺したと聞こえると大変なことになる」

冬木屋が大声で騒ぎを制した。

「わかっているが、せっかく育てた〈遊女〉だ。五戦全勝の蝿虎ですぞ」

伊勢屋が不満そうに言う。

「それどころの話じゃないでしょうが。名前が名前だ」

さすがに不機嫌な声を出した冬木屋に、伊勢屋は黙り込んだ。

〈遊女〉は三代将軍家光が寵愛した御鷹の名である。鷹狩の最中逸(はぐ)れてしまった〈遊女〉が老松に留まったので、その松が鷹居(たかすえ)の松、遊女の松、霞の松などという名で、目黒不動や内藤新宿に跡を残しているほどの高名な鷹である。

白けた雰囲気となった。

「少し休んで酒でも飲みましょう」

山口屋が手を叩き、下女数人が酒膳を運んでくる。

山口屋の案内でみな膳に寄った。冬木屋が如才なく伊勢屋にも酒を注ぐ。

「あーっ」

伊勢屋が杯をあけると、大仰にため息を吐いた。みな一斉に冷やかしながら笑う。

「名誉の討ち死にじゃないか、伊勢屋さん。そろそろ年貢を納める頃合じゃったんだよ」

駒六に冷やかされて、伊勢屋はまた大きくため息を吐いた。

〈やはり住む世界が違うわい〉町人のしたたかさを痛感しながらも、危うさを感じる。篤右衛門は憮然として杯をなめた。

六番勝負が終わった。それぞれの闘いぶりを褒めあい、酒を酌み交わして宴は終わった。

屋敷を出る前、喜田屋に聞いた。

「あのひと勝負いくらなんだい」

「旦那は聞かないほうがいいですよ」

「冬木屋は、お遊びだといっていたぞ」

「なら、そうなんでしょう」

太い眉を下げてにやりと笑った。

「この野郎、とんでもねぇものを見せやがった。お陰で素寒貧の儂が、おめぇたちお大尽の旦那衆と同じドブ溜めにはまっちまったんだぞ」

「小鳥遊の旦那。目黒からこっち、ずっとドブ溜めを見て暮してきなすったんだ。たかがちっぽけな虫のことでとやかく言うことはありませんよ」

「儂が言わずともお上が言うんだ、この野郎。言わせておけば……。昔馴染みでなかったら、ひっくくってやるところだぞ」

「くわばら、くわばら。ご勘弁のほどを、旦那様」

額を叩いて頭を下げる。

「だけど充分気をつけろよ。今日の連衆はみな大丈夫なんだろうな。この前も言ったが変なのがうろついている。〈遊女〉は絶対に禁句だぞ。この前の桜節といい。今日はモモンジィ鍋だ。お上が甘くないのはお前もよく承知しているだろうが。お上のやり過ぎに町人たちが反発する気持ちはわかるが、無謀はやめて用心しろと言っているんだ」

「変な奴ですか。そうですか」庄兵衛が眉根を寄せた。「わかりました。皆には当分自重するよう言っときますよ。今日の〈遊女〉の一件もあるから少し大人しくなるでしょう。小鳥遊の旦那、今度は正真正銘俳諧でお誘いしますよ」

篤右衛門の剣幕に、少し神妙になった喜田屋に見送られて、山口屋が呼んだ駕籠に乗った。庄兵衛はここから十丁以上離れた浄心寺東門前の店まで、歩いて帰るのだという。

「川っ縁を歩くんだ、気をつけろよ」

庄兵衛はにやりと笑うと、用意してきたらしい喜田屋の挑灯（ちょうとう）を掲げて見せた。

使用人部屋で待っていた清蔵が駕籠の脇へきた。仙台堀へ向かう喜田屋の挑灯が遠ざかるのを見送った。

「どうだ、いるか」

「はい、中ノ橋のたもとに」

清蔵の言葉にうなずいた。

駕籠に乗りこみ、襟元を掻きあわせて目を瞑った。白布の上で目をむいた蝿虎が跳びあがる様（さま）

が、目に浮んだ。

（二）

喜田屋庄兵衛が誘拐された。篤右衛門が座敷鷹を見た日から二日目だった。

朝、留五郎の船宿に知らせが入り、役宅へ駆けつけてきた。喜田屋から密かに届けがあったという。出仕前の廣之進は、すぐ篤右衛門に知らせ、清蔵も小座敷へ呼んだ。

「町方に知らせると命はない、とこれを」

留五郎が、懐紙に包まれていた蛙の根付をみせた。今朝懐紙にくるんで何者かが店へ投げ込んだという。翡翠（ひすい）の彫り物である。家人に聞くと庄兵衛の印籠の根付だという。庄兵衛はのぼせや肩こりがひどく、釣藤散（ちょうとうさん）という薬を入れた印籠をいつも持ち歩いていたらしい。

〈庄兵衛預ル町方へ知ラセルト即殺百両用意受渡ハ後連絡〉

という文字が半紙に書かれていた。あきらかに筆跡を誤魔化したと思われる文字で、たどたどしく、そのあと庄兵衛の息子卯之吉宛に、庄兵衛の伝言が書かれていた。わざと少し大きめに、汚らしく書かれた即殺、という文字が禍々しい。

〈卯之吉へ私は監禁されているが無事だ要求に従えば帰らせてもらえる絶対に小鳥遊様などに他言無用監禁の証明に大事な蛙の根付を送る〉

肉太の庄兵衛の文字が、切迫した気持ちを伝えてくる。

「雑司ヶ谷の木蠟屋へ行ったまま、昨夜戻らなかったそうです。卯之吉が気になって木蠟屋を訪ねたら、二人で山へ入って櫨を見て、夕食を一緒にとってから帰って行ったそうです。駕籠を呼ぼうかといったら、いや近頃足が鈍っているから、と言って歩いて帰った」

篤右衛門が、一昨日庄兵衛と別れたときも同じことを言っていた。

「何故喜田屋なんだ。他にも分限者は沢山いるというのに」

さながら生きている青蛙のような彫り物を眺めながら、篤右衛門は呟いた。小座敷に座る清蔵もうなずいている。


いかに喜田屋が繁盛しているとはいえ、巷間で取りざたされる紀文や奈良茂ほどの金持ちではない。まして冬木屋などの俳諧の仲間のなかでも、庄兵衛は中級の商人である。

何故庄兵衛に狙いを定めたのか。

「蛙の根付は確かに庄兵衛さんのもので、福を呼ぶ蛙だと言って、特別に彫らせたものだそうです」

留五郎が沈痛な面持ちで言った。留五郎も篤右衛門の目明しとなって以来、喜田屋庄兵衛との付き合いは長い。

「父上になにか心当たりはございますか」

廣之進が訊いた。

「その木蠟屋なら儂も知っている。数年前まで近所に鷹匠部屋があったのだ。拐かしにしてはどうも納得できないところがある。金目当ての拐かしは、大体女子供が主じゃ。金を受け取って解放したとしても、犯人は顔や場所を覚えられていて、後で捕らえられる心配がある。どう考えても割にあわんやり方だぞ。大の大人の、しかも男となれば、なおさらだ」

友人の安否を気遣うように篤右衛門は吐息をついた。

「じゃ命はあぶないと？」留五郎が言う。

「その危険は高いとみてかからねばなるまい。以前数度の拐かしを扱ったことがあるが、大人の人質の場合顔や場所を見られたために、最初から殺した上で金を要求してきておった」

廣之進と留五郎は顔を見合わせた。

「とにかく犯人からの連絡があるまで、庄兵衛の周辺を洗うしかないな」

独り言をいいながら腕組を解いた。

清蔵が横から声をかけた。

「若旦那様、旦那様を尾けていた者が、関係しているということはないでしょうか」

篤右衛門が不審気に廣之進を見た。

「梅助と清蔵に探らせていたのです」

「それで、いたのか」

篤右衛門が、少し不機嫌な声を出した。

留五郎が不審気な顔でやりとりを眺めている。廣之進が説明した。

「職人風の男と手代風の男を二、三度見かけたそうですが、その跡は尾けられませんでした」

「旦那、清蔵さんが言うように、そいつらは喜田屋の拐かしに関係しているんですか」

留五郎が訊いた。

「うむ、どうも気にいらんな。喜田屋と最後に別れた夜も怪しいのがおった。吟行まで尾けられていたとはのう」

篤右衛門は、考え込んでいる。

「清蔵が見た男は、どんな奴だった？」

廣之進が訊いた。

「はい、旦那様にも話しましたが、山口屋さんからの戻り、中ノ橋のたもとにいました。永代橋たもとの舟番所の明かりで見えましたから、旦那様を尾けたのだと思います」

「どう思われます父上」

「わからん」

篤右衛門が唸るように答えた。

「とにかく、庄兵衛の奪回が先だ」

「そうですね、よし、留五郎、雑司ヶ谷近辺一帯へ人を出して聞きこみだ。お前は喜田屋へ行って卯之吉に心あたりがないか聞いてくれ。だが見張られているかも知れないな。父上、喜田屋に裏口はありませんか」

「浄心寺の東から喜田屋の勝手口へ行ける、留五郎。庭園の奥が東門だ」

篤右衛門が思い出しながら答えた。

「わかりました。喜田屋へはあっしが詰めていましょう。雑司ヶ谷へは政吉達をいかせます」

「卯之吉には、一応金を用意しておくように言ってくれ」

廣之進の指示にうなずくと、留五郎は緊張した顔で立ち上がった。

（三）

翌朝一番の留五郎からの連絡では、昨日の喜田屋に動きはないらしい。金は用意したが待つしかないとの知らせだった。丸一日過ぎ、喜田屋は店を閉めて、ひっそりと息をひそめているという。

「梅助、今日は冬木屋など連衆のところをまわる。いいな」

朝髪に来た梅助に篤右衛門は言った。

「承知しました。旦那は普段通りに……」

篤右衛門は、清蔵を供に屋敷を出た。

打ち合わせを済ませて、廣之進が奉行所へ出仕したあと、この前の歌仙の連衆の家を廻ってみることにしたのだった。誘拐は勿論伏せておく。座敷鷹で踏み殺された〈遊女〉の事が思い出される。

何故庄兵衛が。何度も己に問いかけながら歩いた。押しが強いが気のいい庄兵衛は、古い付き合いだった。鳥見役時代、山歩きで知り合った庄兵衛が俳諧同好の士と知り、付き合いが深まった。家業の木蠟の原料である櫨（はぜ）の実を御拳場（おこぶし）（鷹場）から採取したいという庄兵衛の要望を入れて、目黒村の村人を紹介した。鷹狩のない時期に、入合山として村人に内々で許した木蠟の採取は、村人の貴重な現金収入として喜ばれた。

今、御拳場は立ち入り禁止となっている。しかし雑司ヶ谷は御拳場以外にも当時から続いている庄兵衛の取引先の一つである。

今朝出仕した廣之進には、御番所年番与力稲垣録蔵の耳に入れておくよう言ってある。稲垣与力も庄兵衛とは付き合いがあり、与力なりに庄兵衛の人脈を利用もしているからだ。

朝一番は冬木屋である。連衆の噂話のなかに、喜田屋の事件を示唆する何かがあるのか探ると同時に、篤右衛門を尾ける者をおびき出せないかと考えている。今日は梅助が跡を尾けていることを承知しての行動だった。

曇天の空には灰のような小雪が舞っている。永代橋を渡った。大川は波立っていた。

今日から始まった深川八幡の年の市で、永代通りは人波で揺れていた。潮風に吹かれる華やかな幟や、墨痕鮮やかに富岡八幡宮と大書された幟が林立して、激しくはためいていた。

人ごみを避けて、黒江町から北へ向かう路地を縫い、いくつか掘割を渡って仙台堀へ出た。大通りを歩けば遠回りになる。

冬木屋は仙台堀の南岸沿いにある二十間間口の大店で、棟続きの豪壮な母屋に繋がっている。まだ新しい店内には爽やかな木の匂いがたちこめ、忙しく店を出入りする法被を着た職人たちに混じって、数人の番頭や手代が帳面片手に顧客と商談を交わしていた。

「らっしゃい。あ、小鳥遊の旦那」

帳場の手前にいた顔見知りの手代が、篤右衛門の姿を素早く認めて、威勢のいい挨拶をしてくる。

「ま、こちらへどうぞ。すぐ主人を呼んでまいります」

店の一郭に置かれた床机に誘うと、用件も聞かず棟続きの母屋へすっ飛んでゆく。下女が素早く盆にのせた熱い茶を運んできた。

「さすが冬木屋、これは宇治じゃな」

清蔵に言いながら喫した。

「こちらへどうぞ」

店に清蔵を残して、手代の案内で篤右衛門は母家へ続く廊下を歩いた。

〈なるほど〉と篤右衛門は思った。冬木屋は絵師尾形光琳の後ろ盾になり、妻女のために冬木小袖といわれる友禅柄を描かせるほどの豪商である。しかし同時に銀座役人の中村内蔵助と同じように、お上とのつながりも深い。もし冬木屋が拐かされたら、御番所総動員で犯人を探すことになるだろう。喜田屋程度の商人であればそれほどの探索網を敷かれることはない。そんなところから、喜田屋に狙いをさだめたのではないか。磨きぬかれた廊下を歩きながら考えていた。

奥座敷に通された篤右衛門は、透明なぎやまんをはめこんだ豪勢な雪見障子の向こうを眺めた。噂の弁財天が光の薄い庭園の向こうに見える。

「これは小鳥遊様。お珍しい。今日は何事でございますか。ああ、先日はよくお付き合いいただきました」

冬木屋弥平次は部屋に入ると、如才のない挨拶をした。座敷鷹のことなどおくびにも出さない。篤右衛門も口にするつもりもない。

「いや、ちょいと年の市を覗きにきたのだ。お主のことを思い出して押しかけてきた」

妙齢の女が二人で茶菓を運んでくる。ひとしきり歌仙の話となった。

「ところで、先日ご馳走になった桜節だが、あのようなものはときおり食べるのかな」

「ははぁ、あれですか……」

弥平次は茶を旨そうにすすると、ちらりと篤右衛門の顔を窺った。

「やはり小鳥遊様も、いきなりでおかしいと思われましたか。喜田屋さんとも相談しておったのですよ。これは小鳥遊様だから腹を割ってお話し申し上げますが、気を悪くなさらないでください。実はちょいと試させていただいたのです」

とりようによっては、とても傲慢とも思われることを、いともあっさりと言い、しかもそれを無礼と思わせない率直さが出せる男だ。計算づくのことかもしれないが、切れる男だと篤右衛門は思った。

「試した？」

「はい、ご承知のように最近は何かと憐れみ令のお陰で不自由しておりますので、小鳥遊様にどこまでご同心していただけるか知りたかったのですよ。他の連中も心配しておりましたので」

「なんと、それで……。しかし率直にいって、気持ちのいいものではないな。桜節を食ったので安心して座敷鷹を見せた」

いささか憮然とした表情で、篤右衛門も気持ちを隠さずに答えた。

「そのように飾らないところが、私どもが小鳥遊様を信用しているところなんでございます。どうかお許しください」

弥平次は少し安心した表情を浮かべた。

「そんなことをしなくとも、冬木屋さんのような大商人は何をしても、お咎めをこうむることなどないのではないか。現に先日のように平然と牡丹肉が出される」

「とんでもない、この世はお武家様の世、一旦勘気をこうむれば、私どもなどは塵芥(ちりあくた)同然。上方の淀屋さんがいい例でございます。ここまでお話ししたからには、打ち明けますが、実は最近妙な連中が私らのことをあれこれ探っているようなのです」

「探っている？　座敷鷹なんぞは探られて当たり前だよ。なにか摑まれているんじゃないのか」

ふと先日、別れ際で見せた庄兵衛の表情を思い出した。庄兵衛も危惧していたのだ。

「いや、ここは私ども商人、あからさまにしたくないこともありますので……」

弥平次は曖昧にごまかした。

「私が探っていると？」

「小鳥遊様を？　いいえ、とんでもない。それなら山口屋へおいで願うことなんかないではありませんか」

「私が黙って桜節を食べたから、信用できるというのか」

「いや、元からお人柄は信用しておりますので……」

互いの腹の探りあいを気取られぬように、語尾を濁した。

「元はお上の十手を預かっていた身、お上の手先じゃないかと？」

篤石衛門が、重ねて皮肉っぽく言う。

「いやぁ、ご勘弁ください。そこまで考えておりませんよ」

破顔した弥平次は両手を振った。

「わかった。私もお主や喜田屋は信用している。腹を割って話そう。しかし絶対に他言無用ですぞ」

腹を決めて、弥平次を睨んだ。

「実は喜田屋が拐かされたのだ」

「拐かされたですって？　いつのことです、なんでまた喜田屋さんが」

弥平次は、持った茶碗を取り落としそうなほどに狼狽して、訊き返した。

「一昨日のことだ。理由は金目当てのようで、懐紙に書いた書付が投げ込まれた」

「金、ですか」

ほっとしたように、肩を落とした。

「町方へ連絡すれば殺すといっている。まだ受け渡し方法の連絡はない」

「それで、今日お見えになった」

「そうだ、なぜ庄兵衛が狙われたのか、その理由(わけ)を知りたいと、糸口を探している」

「喜田屋さんがねぇ」

弥平次は空を見つめて考えこんだ。

「なにか心あたりが？」

「あ、いや。金目当てなら、金をやりゃ済む話じゃないですか」

弥平次はあっさりと言った。

「それだといいのだが」

「どういうことです？」

「庄兵衛が犯人の顔を見ていれば、確実に殺される」

冬木屋が息を呑んで黙りこんだ。じっと見つめる篤右衛門の目から逃れるように考え込んでいる。

「小鳥遊様は、今日はこれからどちらまで？」

しばらくして、脈絡なく唐突に訊いてきた。

「これから扇橋の大竹屋へ行こうかと思っておる」

「あ、それなら駕籠を呼びましょう」

「なぁに、歩いても十丁ほどだ」

「この寒空に、ですか」

帰らせたがっているのを察して、篤右衛門は腰を上げた。なにか思惑があるようだった。これ以上聞いても話さないだろう。これだけ話した以上、今日はこのまま引き上げるほうがいい。近いうちに弥平次から何かの連絡があるだろう。

篤右衛門はあっさりと腰を上げた。

「喜田屋も冬木屋も探られているのは知っていたんだ」

大竹屋に向かって仙台堀沿いに歩きながら、清蔵に言った。

「尾けているのは、旦那様だけじゃなかったんですね。これで梅助さんと話が食い違ったわけがわかりました。何人もが尾けていたんだ。しかし深川の旦那衆を尾けまわして、誰が何を狙っているんでしょうか」

清蔵がさりげなく後ろを振り返る。途中の吉岡橋を北へ入ると喜田屋がある。冬木屋と三丁もはなれていない。

「冬木屋は多少心あたりがある様子だったな。庄兵衛が無事であればいいが」

大横川の福永橋のたもとを曲がって、大横川を川沿いに西岸を進む。

「どうだ」

「見あたりませんね。今日はいないようです」

（四）

小名木川と大横川が交差している所に、扇橋がかかっている。大竹屋はそのたもとにある竹籠屋だった。店内には立錐の余地もないほど様々な形の笊や籠が積み重ねられ、天井からも吊り下げられていた。

「大竹屋さん、おられるか」

清蔵が籠の隙間から店の奥へ声をかけた。

「奥へ進みな！」

打てば響くような調子で、朗らかな声が返ってきた。

「小鳥遊だよ、紫竹さん」

ぶら下がった笊をかきわけて篤右衛門が顔をのぞかせる。

「こりゃまた珍客じゃ」

黒光りする板敷きの上で、丁稚に手伝わせて様々な竹細工を並べて仔細に点検していた駒六が、嬉しそうに笑った。屈託のない笑いだ。

ごま塩の薄い髪を無理やり引き詰めたような丁髷（ちょんまげ）を後頭部にちょこんと乗せて、しわだらけの顔をしている。しかし眼は子供のように生き生きとすばしっこく動いている。

「冬木屋さんへ顔を出したもので、ちょいと脚をのばした。おやこれは、駿河千筋（するがせんすじ）だな」

篤右衛門が精緻に編まれた籠を床からとりあげた。

「さすがお目が高い」

大竹屋駒六が、きれいに揃った歯をむきだして嬉しそうに笑った。

「清蔵見ろ。この虫籠の美しいこと」

猫脚の方形台に、すっぽり被さるなだらかに丸い屋根を持つ籠である。

「大名籠ですな」

清蔵が感嘆している。

「さよう、籠に紋を入れて台に蒔絵を施せばの。そうか小鳥遊さんは元鷹匠じゃったんですな」

「いやいや、鳥見だよ」

先日冬木屋も同じことをいった。

「そうですか、そうですか。ご本家ですな」

何が本家かわからないが、駒六はまた朗らかに笑った。

駿河千筋細工は鷹狩好きの家康が、餌籠を鷹匠同心に作らせたのが始まりと言われている。普通の竹細工と違って、籠の中の虫を傷めないように、丸く細いヒゴで編まれており、駿河の武士の内職として様々な用途にまで発展した。畳の幅三尺にヒゴ千本を並べることができるほど細い、というところから、駿河千筋細工と言われている。

「駿河物を扱っておるのかな」

「そうとはかぎらんですぞ。信濃や伊勢、遠くは豊後もあります。じゃがこの千筋は好きでしてな。とくに虫籠がいい」

床に並んだ、灯篭や花器を前に、本腰を入れて講釈にはいろうとした。

「先日の歌仙だが、あのような興行は他にもやるのか」

篤右衛門は急いで訪問の本筋にもどした。

「ああ、あのときは初見せにしてはお見事でしたな。いやいや歌仙が手軽ですからよく巻きますが、年に二度ほどは連句百韻を巻きます」

「あの座敷鷹は？」

「ああ、あれは面白いものでしょう。儂のような老人でも夢中になります」

駒六はあっけらかんとしている。やはり冬木屋と同じで、死んだ蜘蛛なんかなかったことのようだ。

「あのような会はよくやるのかな？」

「まぁそう、時折ですな。だけど小鳥遊さんも充分ご存知じゃが、なにせご禁制ですからな。誰彼を呼ぶというわけにはいきませんよ」

じっと見つめて笑ってみせた。

〈食えないじいさんだ〉篤右衛門は苦笑した。

「座敷鷹の件でなにかありましたかの？」

ぬけぬけと訊いてくる。

「いや、私は蜘蛛を飼っていないので、勝負するわけには参らん。俳諧のほうで、また機会があれば呼んでもらいたいと思っておる」

さしさわりなく誤魔化した。庄兵衛の件を話す気はない。

「さようか、さようですか。小鳥遊さんであれば、喜んでお呼びしますぞ。江戸の数ある興行の中でも自慢じゃないが、儂が執筆（しゅひつ）をしておる座は格が上でしてな。それ、あの冬木屋さんとか、時には紀文も見えますぞ。勿論、ご存知のように杉風宗匠もときおり顔を出されます」

「紀文も？」

「さよう、祇空（ぎくう）様とご一緒にこられることもあります。昔は去来様や丈草様もこられました」

「これはまた私など足元にも及ばない方々だな」

「いやいや、俳諧は身分も貧富も関係ありませんぞ。宗匠のいわれるように、時折の風流を愛でる人であればよいのです」

「ではこの前のような連衆がよく集る」

「そうですな、この深川では、儂と冬木屋、喜田屋、それにこの間の山口屋が中心となって興行をしております」

「この前喜田屋では、珍しいものを食べた」

「そうそう、小鳥遊さんは大分心配しておられたが、冬木屋が亭主のときなんかは、大変ですぞ。何を食わされるかわからん。あ、こりゃいかん。儂としたことが、しゃべりすぎるとまた叱られるわい。冬木屋は何か言うておりましたか？」

あはは、と大口をあけて笑う。

「御免！」

店先で呼び声がした。

「奥へ進みな！」

駒六が、朗らかな声をあげる。

「御免！」

それでもまだ呼ぶ声に、駒六が丁稚小僧に顎をしゃくった。小僧がばたばたと表へ出てゆく。

「御免なすって、大竹屋さん。あ！　旦那」

「なんだ、カケスじゃないか。どうしたんだ一体」

小僧に連れられたカケスの顔を見て、篤右衛門は驚いている。カケスはよほど急いできたのだろう、この寒さに中で汗をかいている。

「いえ、冬木屋さんへ行きやしたら、旦那はこちらだと聞いたもんで……。すみません。清蔵さんちょっと」

カケスは駒六に頭を下げると、清蔵の袖を引っ張ってまた表に出てゆく。

「どうしたんだ、まったく。大竹屋さんすみませんね、お騒がせして」

駒六は興味津々の表情で表の様子を窺っている。清蔵が戻ってきた。

「旦那様、急用ができたので、役宅へお戻り願いたいそうです」

清蔵が駒六に頭を下げると、小声で篤右衛門に告げた。

「そうかわかった。紫竹さん、聞いたように野暮用ができた。また今度話を聞きに寄せてもらう。次回の興行ではぜひ」

「わかりました。喜田屋さんにも言っておきますよ。また遊びにおいでください」

表へ出ると、清蔵が小声で告げた。

「犯人から連絡がありました」

「いつだ」

一瞬立ち止まった。

「朝四つ（十時）頃です」

丁度冬木屋で話しこんでいた頃だ。

「金を持って大川から舟に乗れ、とか書いてあるらしいのですが、すぐ旦那様に喜田屋へ来ていただきたいと、留五郎さんからの言伝です。若旦那にも至急御番所へ連絡してあるそうです」

「よし、すぐ行く。ここから喜田屋まで四、五丁くらいだ、詳しいことは喜田屋で聞こう」

大竹屋の店先には駒六と丁稚が出てきて、篤右衛門たちのただならぬ様子を興味津々で眺めている。

「カケスは？」

「先に行かせました」

「よし」

篤右衛門は、駒六に会釈すると、大横川の岸を足早に歩き始めた。

「どうじゃ、例の男はいるか」

「いませんね。今日はどうしたんだろう」

清蔵が首をひねった。

（五）

浄心寺境内を通り抜けて喜田屋の勝手口から入った。カケスは留五郎の指示なのだろう、姿はない。留五郎が待っていた。廣之進はまだらしい。御番所からだと相当時間がかかる。

卯之吉が小袖に股引姿で現れて、ひきつった顔で挨拶をした。上背のある男だ。三十過ぎで頑固そうな父親ゆずりの分厚い唇をしている。

着くなり篤右衛門は連絡文を読んだ。

〈百両持大川端九ツ卯之吉船頭二人舟乗上流真中急町方通知不要遅刻庄兵衛即死書状一度限〉

前の投げ文と同じように、即死、と大げさに書かれている。

「今何時（どき）だ」

「あっしがここへ着いてからしばらくして、四つ半（十一時）の拍子木が聞こえました」

卯之吉の股引姿に納得した。留五郎が用意させたようだ。

「なんと、もう間もなくじゃないか。舟の仕度は？」

「上ノ橋の下へ猪牙（ちょき）舟を用意させてます」

さすが留五郎、手早い。船宿の伝手（つて）で仙台堀の艀宿（はしけやど）に手をまわしたという。

「くそ！　時がない、手の打ちようがないな」

篤右衛門は呻いた。

「どこへ来させるつもりなんでしょう」

卯之吉が緊張に震える声で訊く。

「わからんな。場所がわからぬと、手下を送りこむこともできぬ。留五郎、尾行の猪牙舟は用意してあるか」

「へい、三艘借りてあります。どの猪牙舟もあっしんとこの船頭が漕ぎます。仙台堀の上の之橋で。政吉と金太、それにカケスは別の場所に」

「よし、よくやった」

短い間の手早い準備だ。篤右衛門が少し愁眉を開いた。亀島川から自分の猪牙舟を運ぶ間がなかったので、船頭だけを駆けつけさせたと言う。

「だけど旦那、卯之吉さんの後をだいぶ離れていないと、バレてしまうでしょう」

「うむ、どこへ着けるかわからない以上、うまく尾けるしかない」

「旦那。準備が間に合わないってことで、伸ばすことはできませんか」

「留五郎さん、そりゃぁないですよ。連絡は今回限りって書いてあるじゃありませんか。百両なんてどうでもいい、親父が助かればいいんです。行きましょう。遅れるわけにいかない」

卯之吉が蒼白な顔で立ち上がった。九つ（正午）の鐘が、あちこちで鳴り始めた。

「ああーっ！」

卯之吉が悲痛な悲鳴をあげた。

「よし、留五郎行くぞ」

決心した篤右衛門が立ち上がる。

「間に合うでしょうか」

「大丈夫だ。舟に乗る時間だけの指定だ、到着時間の指定はない。そのくらい奴らは余裕を見ているはずだ」

篤右衛門たちは、浄心寺表門を通りぬけて大川端へ向かって駆けた。廣之進はもう間に合わない。番頭にここで待つよう言伝を頼んだ。

「尾行の舟は隠してあるだろうな、留五郎」

「へい、卯之吉さんの乗る舟は仙台堀の上ノ橋、あっしらの舟は小名木川から大川へ出る万年橋です。犯人がこちらの動きを見張っていたらいけませんので」

「よし」

走りながら篤右衛門はうなずいた。卯之吉とは浄心寺の門前で別れた。

「いいか。卯之吉。儂らが見守っている。庄兵衛の安全が第一、犯人逮捕は二の次だ。気をしっかり持って庄兵衛を取り戻すんだ」

篤右衛門の励ましに、卯之吉は首をがくがくさせてうなずいた。これしか言いようがなかった。庄兵衛が無事であればいい。今は無理でも、犯人は後で必ず捕らえる。篤右衛門は卯之吉の背中を押した。

小名木川の川口から大川端を望んだ。暮れのことでもあり、行き交う舟は多い。寒風が川面を吹きすぎ、五大力船（ごだいりきせん）や茶船の陰で猪牙舟などの小型船が、波に煽られながら行き交っている。

舳に身体を縮めている卯之吉の猪牙舟が、左右にゆれながら素晴らしい早さで上流目指して前を漕ぎぬけて行った。

「源太でさ」

留五郎が満足そうに告げた。留五郎の船宿一の漕ぎ手と聞いている。舟が下り舟の向こうに隠れたとき、篤右衛門たちの乗った二艘の猪牙舟は万年橋の下から漕ぎだした。

篤右衛門、留五郎、清蔵が先の舟に乗り、政吉、カケス、金太が後の舟だ。

「見えるか」

篤右衛門が上流を見すかして訊いた。

「見えます。舟が多いもんで、浅草寄りに進んでいます。真中と書いてあったがこれじゃ無理みたいだ」

篤右衛門は後ろを振り返った、一丁足らず離れてついてくる。新大橋を潜った。

「この混雑じゃあ、もう少し近寄っても大丈夫みたいですな。清蔵さん、回りに変な舟はいませんかね」

「うーん、大丈夫じゃないかねぇ」

清蔵が少し自信なげに答えた。左岸の御船蔵の前にある寄り洲の航路標識を見て、船が一斉に浅草側へ寄ってきて、篤右衛門の舟の前に割り込んでくる。卯之吉の舟が見えなくなった。

「くそ！」

留五郎が毒づいた。犯人はこんな状況を勘定に入れていたとしたら、恐ろしく悪賢い奴らだ。

留五郎が白の小旗を振って後ろの舟に合図送った。白は近づけ、赤は離れろと取り決めてある。

ひしめく船を巧みによけて、篤右衛門の猪牙舟は懸命に追走する。水戸藩の石上げ場の前の寄り洲を過ぎようとしている。右手に本所竪川（たてかわ）の河口が見える。両国橋が近づいてきた。

竪川の河口を過ぎると一挙に視界が広がった。右に御石置き場がある。

「あれだ」

留五郎が指差した。数隻の舟を避けるように、橋の中央に舳を向けた卯之吉の舟が、両国橋の暗い橋下に滑り込んでゆく。一丁あまり離れている。

「急げ！」

留五郎が船頭を叱咤した。橋脚が判別できるようになった。

「見えるか」

篤右衛門が、弧を描く暗い橋の影の向こうを見透かしながら気遣わしげに訊く。

「畜生見えねぇ。急げ！」

櫓がきしみ、大きく左右に揺れながら橋を目指す。

巨大な橋脚の丸太が見えた。元禄九年に架け替えられた両国橋の橋杭は二尺三寸と言われ、その巨木を何本も組み合わせた二十基近い橋脚に、桁がかけられている。

「川の真中を急いで漕げとあったから、卯之吉の舟は澪筋の橋杭に向かうのだ」

留五郎の指示で、猪牙舟は一番高い中央の橋脚を目指した。橋上を行き来する人々が判別できるようになった。両側に四本ずつの巨大な橋杭が並び、それらが太い上下二本の貫材でがっちりと繋がれ、その間はそれぞれ交差した筋交いで固められている。

前を行く平田舟に続いて橋下に向かう。

「あれは⁉」

留五郎が声をあげた。橋杭の一本に繋がれた舟が波にゆられている。

「卯之吉じゃないか」

篤右衛門が呟いた。舟に卯之吉が俯いて蹲っているのがおぼろに見えた。

「源太だ」

船頭が叫んだ。一番下流の橋杭の桁に座っていた源太が手を振っている。

「どうなってるんだ一体」

留五郎が呟く。舟が源太のいる橋杭に近よった。

「親方やられちまった」

ずぶぬれで震えながら乗りこんできた。猪牙舟が卯之吉のいる舟に近寄る。

「危ない！」

源太の声に、船頭が慌てて橋杭にぶっつかるように舟を寄せた。澪筋だけあって、大型の茶船が瀬取りした荷を満載してすり抜けて行く。続いて炭や肥料などの俵物を満載した五大力船が続く。海上から直接河川へ入ることができるこの船は、今は帆を下ろし、二人掛かりの大櫓を漕ぐ乗り子は、法被姿で腕の入れ墨が見える。舷側の棹走りに長い棹を構えた船頭が、廣之進たちを見降ろして通りすぎてゆく。

「卯之吉」

五大力船をやり過ごして舳に立った篤右衛門が、卯之吉に呼びかけた。気づいた卯之吉が顔を上げた。顔が涙でゆがんでいる。

「猪牙舟じゃねぇ」

留五郎が呟いた。卯之吉が乗っているのは猪牙舟よりひと回り大きい茶船だ。茶船といっても小型なほうだが、それでも猪牙舟よりは小回りがきかない。

「旦那、親父が！」

近づいた篤右衛門に、卯之吉が呻くように叫んだ。船頭が猪牙舟を寄せ茶船の船縁を摑んだ。庄兵衛が仰向けになって横たわっていた。留五郎が飛び移った。また大型の茶船と屋形舟が近づいてくる。

猪牙舟を卯之吉の舟の先に入れ替え、波に揺れる艫から篤右衛門も乗り移った。後続の猪牙舟も到着し、卯之吉の舟を挟んで繋ぐ。乗り移ってきた篤右衛門を見上げて、留五郎が首を振った。

「この舟に乗り移ったとき、もう死んでいたんです」

歯を食いしばって卯之吉が言った。篤右衛門は庄兵衛の傍に跪(ひざまず)いた。喉に触れた。全く鼓動は伝わってこない。念のため胸を広げて心の臓の上に手を置いた。同じだ。だらりと力の抜けた腕を持ち上げて脈をみた。

「相手は?」

「金を受け取り、舟を乗り換えると行ってしまいました」

やられた。篤右衛門は歯ぎしりした。金と庄兵衛の交換は陸ではなかった。川で人質を互いの舟に乗り換えさせる手間を省いて、舟ごと交換してしまったのだ。

「舟を乗り換えた途端に、奴らはあっしを川へ突き落としたんでさ。ついでに櫓まで流してしまいやがった。あっしは流れに逆らって泳ぐ事ができず、最後の橋杭にようやく這いあがった始末でさ」

源太が寒さで震えながら言う。

「どっちへ行ったんだ」

留五郎が憤懣やるかたない口調で訊いた。

「上流(うえ)でさ」

「何人だ、どんな男だ」

「三人です。顔はわかりません。手ぬぐいで頬かむりしていました。なにせしょっちゅう舟が通るもんだから、船を止めておくのに忙しくって」

源太が悔しそうに言う。留五郎は上流を睨みつけた。

「とにかく、戻ろう。ここにいては危ない」

篤右衛門の言葉に、皆黙ってうなずいた。

二艘の猪牙舟とそれに曳航された茶船は両国橋を潜り抜け御蔵前で方向転換して大川を下った。篤右衛門は清蔵の乗る猪牙舟を薬研堀へ行かせた。御番所から喜田屋へ検視を呼ぶためだ。

「何故なんです。旦那。金を渡したのに」

卯之吉の悲痛な言葉に、篤右衛門は絶句した。

「最初から生かしておく気はなかったってことですか。外道(げどう)が！」

呻く卯之吉に、篤右衛門は慰めの言葉もない。

澪筋の橋下へさしかかると、頬かむりした三人が、舟は滑るように大川を下っていく。

〈卯之吉〉だなという声に気づいて、舟を寄せるといきなり二人が乗り込んできた。

〈金だ。庄兵衛は向こうの舟にいる〉と言うと、残っていた一人が掛けてあった櫂を持ち上げて見せた。

動く様子がないので、〈何をしたんだ〉と訊いた。〈当身で眠らせてあるので大丈夫だ。早く向こうへ乗れ〉と言われたので、金を渡して乗り移った。〈お前もだ〉と源太も言われ、乗り移った。父親を抱きあげると、冷たくて生きている様子がなかった。

叫び声をあげた時、舟に残っていた一人がいきなり源太を突き落とした。そうして櫓を流すと舟を乗り換えた。あっという間だった。

〈もうすぐ小鳥遊がやってくる。しばらく待つんだな〉首領格の男が笑いながら言って、上流へ消えた。

戻る途中卯之吉が話した内容である。

「小鳥遊がやってくると言ったのか」

篤右衛門が歯を食いしばって訊きなおした。

「野郎！　やっぱり後追いの舟がいることを知ってやがったんだ」

留五郎が呻く。

「何奴なんだ。儂のことを知っているとは」

篤右衛門は呻いた。また茶船が通りすぎ、波にあおられ三艘の舟を揺らせた。

（六）

船を大川から仙台堀へ入れ、渡辺橋を潜（くぐ）って吉岡橋から、山本町の庄兵衛の家前に繋いだ。

政吉が庄兵衛を胸の前に抱きかかえ、店へ運んだ。篤右衛門たちは陸へ上がり、曳航してきた犯人の舟を残して、借りた猪牙舟二艘は大川端まで戻って行く。葬列のように誰ひとり口を開かない。カケスでさえ口をひき結んで足取りが重い。

喜田屋では廣之進がいらいらしながら待っていた。篤右衛門たちを見て事態を悟った廣之進は、何も言わず黙って迎えた。

庄兵衛の妻女が駆け寄り、政吉の腕の中の庄兵衛に「お前さん。お前さん。お前さん」何度も縋りつき、卯之吉に抱きかかえられて泣き崩れた。政吉が途方にくれたように土間に立ちすくんでいる。番頭を初め店の者も皆出てきて、茫然と眺めている。

「卯之吉。奥へ連れていってやってもよいか」

篤右衛門が堪らず声をかけた。卯之吉がようやく気づいて政吉を促し、庄兵衛の手を握り締めている妻女を伴って奥へ消えた。篤右衛門の指示で留五郎もついてゆく。検死の準備で、遺体はそのまま安置しておくよう妻女に納得させねばならない。

「犯人が乗ってきた茶船の出どこを大至急調べろ」

顔を真っ赤にした留五郎が、政吉たちに指示を飛ばしている。政吉がカケスを連れて飛び出していった。金太は富島町へ戻して留守番させるよう指示している。

金太に途中で訃報を千種へ知らせるよう、篤右衛門が重ねて指示した。庄兵衛は、小鳥遊一家にとってはかけがえのない友人だった。特に千種は、篤右衛門と碑文谷に暮していた頃から、なにかと家事の相談に乗ってもらっていた。知らせておかないといけないと思った。

篤右衛門は、廣之進に庄兵衛交換の顚末を話した。

「悪知恵を働かす奴らですねぇ」

廣之進は嘆息した。

「ただな、悪知恵が嵩じて馬脚を現しおった」

廣之進が怪訝な顔をする。

「卯之吉と別れ際に〈小鳥遊がやってくる〉と言ったのよ」

「父上を知っている奴ですか」

「そうじゃ。普通なら町方とかお上とか言うはずじゃ。今回の一件は儂に関係があるのかもしれん。少し的が絞れてきた」

「尾けている連中ですか」

「かもわからん」

「なぜ父上を?」

「それもわからん」

篤右衛門は眉根を寄せて素っ気なく答えた。はらわたが煮えくりかえっているのだろう。廣之進は黙って引き下がった。

しばらくして清蔵が検死の医師を案内して早駕籠で到着した。年配の検視与力と物書同心、それに医師を伴っている。医師は篤右衛門が現役だった頃からの知り合いで、慎重な診立てをする信頼できる医師だった。おそらく清蔵が指定したのだろう。妻女や番頭などを下がらせて、篤右衛門と廣之進は庄兵衛が寝かされている居間へ入った。留五郎も廊下に控える。

検視与力は篤右衛門を見て軽くうなずき、若い物書同心も目礼を送ってくる。清蔵が篤右衛門の同席の理由を道中で説明した様子だ。

室内には、手燭が用意されてあり、すでに灯が入っていた。

検死の医師はまず、庄兵衛の喉と手首に触れ死亡を確認する。顔や首、瞼の裏などを念入りにしらべる。口をこじ開けると、手燭を引き寄せて中を覗いた。鼻を寄せて匂いを嗅ぐ。持参した薬函から銀の小匙を取り出し、篤右衛門にことわって口に入れる。匙をそのままにして、着物の裾を広げ、留五郎に手伝わせて、股引を脱がせた。

両足の膝上と脛(すね)に何かに打ちつけたようなすり傷と痣が見られる。与力も手燭を寄せて眺めた。医師の小声の口述を物書同心が書きとり、続いて与力も小声で補足を同心に伝える。

終わると、医師は口に差し入れてあった小匙をとりだして、手燭にかざしながら、検視与力と話し合っている。毒殺の疑いがないか調べている。廣之進が今まで何度も経験した場面だ。

ついで、廣之進と留五郎に手伝わせて着衣を脱がせ、仔細に外傷を調べる。

六十を越えた庄兵衛の皮膚は少したるんでいるが贅肉は少なく、山歩きで鍛えられた軀は、がっちりとして傷ひとつない。医師はまた、喉や口回りを丹念に調べている。窒息死の痕跡を調べているのだと廣之進は思った。

卯之吉が障子をあけて、小声で留五郎を呼んだ。怪訝な顔をした留五郎が、廣之進に会釈すると、廊下に出る。

しばらくして、留五郎が廣之進を廊下まで呼んだ。

「若、金太が店からこちらへ戻ってきやしてね。煙管屋の番頭がすっ飛んできて言うには、昼過ぎに犬目付の深見様が下っ引き一人連れてきて、猫殺しだと言って市兵衛を辻番へ引っ張ったそうです。今は名主の久助さんも辻番へ詰めているはずだと言ってます」

「辻番へ引っ張られた？」

廣之進はあっけにとられた声を出した。

「自身番でなくて辻番か」

「へい、練塀小路（ねりべいこうじ）の辻番です」

「なんと。汚ねぇことをしやがる。松永町の自身番がすぐ先にあるのに」

下谷練塀小路は、神田松永町の東側の武家屋敷の通りだ。辻番は武家屋敷区域内に設けられる番所で、町方には別世界である。通常町人の事件は自身番で取り調べるものなのだが、深見は町方の治外法権である辻番で、市兵衛を調べようとしている。あきらかに町方の介入を避ける異常なやり方だった。

「市兵衛の番頭はどうした」

「店で待つよう帰らせたそうです」

「深見は何を考えているんだ。猫殺しだと？」

いまや呼び捨てにした。廣之進は腕を組んだ。煙管屋市兵衛を罪人としたい深見の強い意志が見て取れる。作治の見え透いたでっちあげを、深見は容認しているのか。

「この前の様子では、市兵衛は五両に上乗せして作治に支払っているはずじゃないのか」

「払っていると思います。京屋と相談していましたから。なのになんでまた辻番に」

留五郎が作治に会ってから七日目だ。追い銭を手に入れてからの逮捕とは阿漕過ぎる。

「わかった。今ここで詮索しても仕方がない。金太を辻番に行かせてくれ。お前が行くと、私にかこつけて深見が絡んでくるかもしれん。今、我らにできることはない。どうせ辻番の中へ入ることもできないだろう。番人に少し握らせて様子を訊き出すように言ってくれ。後で夕刻役宅まで来てくれ」

「承知しやした」

留五郎は小声で答えると店先へ向かう。廣之進は部屋の隅に篤右衛門を呼び、仔細を報告する。

篤右衛門は小声でうなずくと、再び庄兵衛の傍に戻った。不審気な与力に、緊急の事件が起きたことだけ言って中座を詫びた。

店先から留五郎が戻ってきて廊下に座った。仰臥した庄兵衛の見分が終わり、廣之進と留五郎に手伝わせて、庄兵衛をうつ伏せにした。背中から臀部にかけて、紫色の紫斑が広範囲に見られた。両足の膝裏に紫斑と異なる痣と擦り傷がある。篤右衛門が呻いた。廣之進もおどろいたように、それを覗き込んでいる。

「どう見る篤右衛門」

与力が俯いたまま、じろりと篤右衛門を見やった。

「石抱きですな」

「そのようじゃな」

与力が口を歪めた。廣之進もうなずく。物書(ものかき)同心の筆が忙しく動く。

庄兵衛は再び仰臥させられ、膝周辺の痣(あざ)と顔をもう一度丹念に調べられる。医師は庄兵衛の瞼をひっくり返してしばらく眺め、与力を促した。与力もそれを眺めてうなずいた。

ようやく検死は終わり、与力は着物を着せるよう留五郎に指示した。

卯之吉が呼ばれた。

「父御(ててご)は病持ちかの」

蒼白な顔で、庄兵衛から目を離せない卯之吉に、与力が問いかける。

「根っから丈夫な人でしたが、最近のぼせがひどくて、薬を飲んでおりました。商売柄櫨を求めて山歩きが欠かせないのですが、息切れがひどいと言うので、私が代わったりしておりました」

与力はうなずいて医師を振り返った。

「父は殺されたのでございますか」

卯之吉が膝を進めた。

「所見では外傷はない。勒死（絞殺）の痕もない。考えられるのは窒息か心の臓が止まる頓死じゃな。瞼の裏に鬱血がある」

卯之吉は返事のしようがない様子で、あてどなく父親の遺体に目を泳がせた。

「鼻口をふさがれた窒息死であれば、口や鼻の回りに痣が残るがそれはない。しかもその場合は腹が膨れ、目が見開かれているのが普通じゃが、それもない。さすれば、心の臓が止まる頓死じゃと考えられる」

「頓死ですか」

丁寧な与力の説明に、茫然とうなずいた。

「ただ、足に不審な鬱血がある」ひと呼吸おいて言った。「父御は石を抱かされたのではないか」

「石を？」

卯之吉は大きく目を見開いた。

「うむ、拷問じゃな」

「ええっ。なぜ父が拷問など……」

「それは小鳥遊に訊け。お前がいうように、父御にのぼせや息切れがあったのならば、拷問で責められたために心の臓が止まったのではないかという診立てじゃ」

医師を見やった。医師は黙ってうなずいた。

「小鳥遊様、これは一体どういうことですか。あの父が拷問など受ける謂われなど、どこにあるんでしょう」

卯之吉は、唇を震わせて廣之進に詰め寄った。

「今は何とも言えないのだ。これから詳しく捜査して犯人は必ずひっ捕らえる」

廣之進が痛ましげに答えた。

「ああ、なんということに。母にどう説明したらいいんだろう」

卯之吉は、がっくりと頭をたれた。

検死の一行が別室へ誘われて、手桶で手を洗い、茶菓を振舞われている席へ、篤右衛門達も移動した。

「軀の強張りが緩んでおりますので、死亡は昨日の昼頃と思われますが」

「そう、紫斑の状態からみても、死んだのは昨日の昼前後とみております」

篤右衛門に医師が答えた。

「石抱きにしては、脛の傷が少ないように思うのですが」

廣之進が訊く。篤右衛門もうなずいている。

「さすがよく気づいたの」

与力が頬を緩めた。

「私はこれで」

茶碗から一口飲むと、医師は廣之進たちに会釈して席を立った。検死は終わった、ということらしい。診立て以外のことは、耳に入れないという決まりごとを守っている。

「御苦労」

与力が労って、中断した話を続けた。

「お主もわかっておろうが、石抱きの場合は膝の下に三角の木材を並べて座らせる。算盤板じゃな。しかし、この場合痛みを逃れようともがいて、ひどい傷がつくものじゃが、庄兵衛の場合それがない。そのかわり、膝裏に何か棒のようなものを挟んで座らせたようじゃの」

「御番所の関係ではないと？」

廣之進の問いに検視与力は苦笑した。巷間の無法者の間で行われる拷問は、敲(たた)きや水責めがほとんどで、道具をそろえる必要のある石抱きが行われることはほとんどない。

石抱きと聞いて、御番所の関係者ではないかと、廣之進は思ったのだ。与力も同様だったらしい。

「お主もそう思ったか。じゃがあの痣や擦り傷痕からみると、膝上にまず板を載せてその上に石を置いたようじゃ」

「板を？」

「うむ、御番所の場合は板石が道具として用意されておる。まず板をおいたということは、板石でない石が、膝から転げ落ちないようにしたのではないかと儂はみておる」

「何故そんな手の込んだことをしたんでしょうか」

廣之進が訊いた。

「理由はわからんが、お上のやり方を知っている者ではないかと思う」

「では武士でしょうか」

「目くらましかもしれん」

横から篤右衛門が口を挟んだ。

「一体庄兵衛に何があったのだ」

与力の問いに、廣之進が誘拐と身代金受け渡しの顚末を話した。

「とにかく、時がなかった。廣之進を時間までに呼ぶこともできなかったのです」

篤右衛門の言葉に与力はうなずいた。

「犯人は金と庄兵衛を交換したあと〈小鳥遊がすぐ来る〉と言ったそうです。それは、廣之進でなく私をさしていると思います。庄兵衛と私の今までの関係を知っているものだと思います」

「お主に遺恨がある者だというのか」

「おそらく」

「何故だ」

「実はひと月ほど前から、私を尾けている者がおるのです。金を奪うだけなら何も庄兵衛でなくてもいい」

「なるほど、目星は？」

「まだなんとも」

「そうか、わかった。口書と見分書にそのことを記してもかまわぬな」

廣之進と篤右衛門の顔を見比べて、与力は念をおした。二人がうなずくのを見て、与力は物書同心を伴って席を立った。

「交換を急いでいたところを見ると、庄兵衛が死んだから慌てて、金との交換を決めたようじゃな」

与力を見送って居間に戻ると、篤右衛門は廣之進と留五郎の二人に言った。

「だけど犯人は庄兵衛さんから、何か聞きだしたんでしょうかね」

留五郎が口をはさんだ。

「そうであれば、あんなに急ぐ必要はない。死んだのは予想外だったのではないかな」

「ならば、庄兵衛さんはまだなにも喋っていない」

「そうだと思う」

廣之進の言葉に、篤右衛門は重苦しく答えた。

「犯人は何を知りたかったんだろう」

篤右衛門は考え込んでいる。

「身につけていたものに、おかしいものはなかったか」

「おかしいものはなかったけれど、いつも身につけていたという印籠がない、と卯之吉が言っていました。根付は送ってきたので印籠は持っていたはずです。薬を飲まさなかったので頓死となったんじゃないでしょうか」

篤右衛門がまた考え込んだ。

「冬木屋は〈探られている〉とはっきり言った。儂の勘では、例のモモンジィ喰いや座敷鷹も含めて、贅沢禁止令に触れるのを恐れているように感じた。石川六兵衛の伊達比べや淀屋みたいにの」

石川屋と淀屋は綱吉の御触れを無視しての贅沢三昧で、闕所遠島、所払いとなった豪商たちである。今日の冬木屋と大竹屋の様子を、篤右衛門は二人に話した。

「しかし、そうであったとしても、庄兵衛を拷問までして殺すことはないでしょう」

「いや拷問までやったら、無事返すことはできまい。初めから喋らせて殺すつもりだったと考えるべきだろう」

「なるほど」

今度は廣之進が考え込んだ。

「ところで、煙管屋市兵衛なんですが、妙なときに重なってしまいやしたね」

「うむ、奇妙だな。気にくわん」

留五郎の言葉に篤右衛門が腕を組んだ。

（七）

廣之進と篤右衛門は、卯之吉と庄兵衛の妻女に改めて悔やみを述べ、夕刻喜田屋を出た。留五郎に市兵衛拘引の様子を訊きとらせるために、煙管屋へ寄るよう指示した。

喜田屋から戻った篤右衛門に千種が、茶を淹れる用意をしている。

「卯之吉さんはいかがでしたか」

千種が蒸し手ぬぐいを篤右衛門に渡した。冬木屋と大竹屋へ寄り、庄兵衛と金の交換、そして検視。長い一日だった。

「気落ちしておった。金を渡せば助けられると、間際まで信じておっただけに可哀そうじゃ。庄兵衛の妻女の悲嘆は、見ておれないものじゃった」

茶を淹れる千種の手が震えた。

「あんなに頑丈なお身体だったのに……。身内の伯父が亡くなったような気がいたします」

唇を嚙んで俯いた。

鳥見役から小普請へ替った当時、なにくれとなく小まめに気配りをしてくれた庄兵衛。小普請組から御番所へ繋いでくれたのも庄兵衛だった。今の篤右衛門一家にとって恩人といえる。

気を取り直した千種が、茶椀を篤右衛門の前に置いた。

夜五つ（十九時）を告げる芝と本石町の鐘が、師走の闇の奥から重なって聞こえてくる。

「暁の　反吐は隣か　時鳥」

篤右衛門が口にした。

「其角様ですね。庄兵衛さんが好きな句でした」

「そうだ。儂が〝年くれぬ　笠きて草鞋　はきながら〟という蕉翁の句を詠むと、すかさず庄兵衛が返した句だ。あれは今みたいに正月間近の暮れだった」

「思いだしました。碑文谷で楽しんだ句合わせを、越して間もない八丁堀で、よく三人で楽しみましたねぇ」

千種が茶碗を両手で囲んで淋しげにほほ笑んだ。

「儂と違って、物覚えのいい男だったな。蕉門の方々の句をよく諳んじていた」

篤右衛門が一挙に老いたような声で言った。


半刻ほど後、留五郎が辻番の様子を廣之進に報告にやってきた。嵐のような一日でさすがに疲れた顔をしている。

「市兵衛は、佐久間町の大番屋で泊められるようです」

予想通りの展開だった。自身番調べだと夜は町役人預けで帰宅を許されるのが普通だが、辻番へ引っ張った深見のやり方を見れば、町預けはないだろうと見ていた。

「金太が番人に握らせて様子を訊いたんですが、どうもこうもありませんや、若。とにかくお前は猫を殺した、猫を殺した、の一点張りのようでさ」

「強引だな。なぜそうまでして作治の肩をもつのか」

廣之進は吐き捨てるように言った。

「どうやら作治は、前の五両とは別に、十両を絞りあげたようで、市兵衛がそれを必死で訴えたんだそうです。すると〈お前は賂(まいない)で猫殺しを逃れようとするのか〉とこうですよ。どうしようもありませんぜ、あの御仁は。市兵衛はもうどうしようもなく、頭を床に擦り付けるだけだそうです。聞いちゃぁいられねぇ」

「ひどいな。金を払ったのに引っ張られたのか」

廣之進が痛ましげな顔で呟く。

「口書はとられたのか」

「まだのようです。市兵衛は頑固なだけに頑張っているようです。だけどあの様子じゃ、石でも抱かされるんじゃないかと金太が言っていました。口書をとられるのは近いでしょうね」

庄兵衛のことを思い出したのか、留五郎が顔を曇らせた。

「うむ。明日臨時まわり同心と相談しよう。今我らに手出しはできない。しばらく様子をみるしかあるまい」

「だけど若、野郎たちがでっちあげたことは間違いない。自分で火をつけておいて自分で消すってやり方で強請（ゆす）っているんだ。なんとか引っくくることはできないものですかねぇ。あっしの面子もある」

留五郎が珍しく頰を紅潮させている。先日の話し合いで一方的に押し切られた悔しさがまだ残っている。

「それには、三吉が猫をどうやって捕まえて店へ放り込んだか、見た者がいないか探し出す必要がある。深見が作治のでっちあげに、目をつむっているところをみると、ちょっと一筋縄ではいかないぞ。喜田屋の一件があるから手が足りないが、網だけは張っておいてくれ」

廣之進が厳しい顔で言った。留五郎は頭を下げると、走るように玄関先を出た。

（八）

次の日、廣之進は篤右衛門と共に喜田屋を訪れた。店には黒の幔幕が張られ、店内にはしめやかな読経が流れている。商売物の蠟燭は片付けられて、だだっ広く感じられる店先には弔問客が引きも切らない。

奥座敷の襖を取り外した広間には、そこここに訪れた弔問客が小声で話し合っていた。留五郎がカケスを伴って座敷前に座っていた。

焼香を終えた二人に、卯之吉が目礼して奥へ誘った。留五郎も二人の後に続く。卯之吉は二人の弔辞に深々と頭をさげた。子供の頃から篤右衛門を知っている卯之吉は、篤右衛門の哀しみに溢れた顔を見て、唇を震わせた。

「あの蛙を送りつけて以来、まったく連絡はなかったのです。小鳥遊様、何故親父なのでしょう。これっぽっちも恨みを買うようなことをしていないのに」

「そのことだが、こたびのことでは合点のいかぬことが多いのだ。まだはっきりとしたわけではないのだが、儂と庄兵衛の俳諧での付き合い以外に、何か関係があるような気がしてならない。なにか心当たりはないかの」

例の座敷鷹の〈遊女〉が心の隅にわだかまっている。篤右衛門は座敷鷹と〈遊女〉の件は廣之進にまだ話していない。

「俳諧以外にですか」卯之吉は怪訝な顔をした。「わかりませぬ。なるほど俳諧は親父の唯一の道楽でございました。あの蛙の根付にしても、福を呼ぶという縁起ものではありますが、本心は芭蕉宗匠が詠んだあの古池の句にあやかって、わざわざ彫らせたものでございます。それが今度のことと関係あるとは到底思えませんが」

「なるほど、蛙は蕉翁ですか。庄兵衛らしい」

篤右衛門はうなだれた。

「こんなときに申し訳ないが、庄兵衛の書き物などを見せてもらえないだろうか。なにかの糸口を見つけたいのじゃ。こんな非道な犯人は一日もはやく捕らえねばならん」

「わかりました。直接手を下したものではないと、検視役人様に聞きましたが、拷問が引き金になったとすると、普通の殺しよりひどい仕打ちです。なんとも悔しいかぎりです。親父の部屋へご案内しますから、どうかお調べください」

卯之吉は庄兵衛の部屋へいざなった。木蠟の試作品や、産地ごとに丁寧に仕分けられた櫨や漆の種子が鴨居までたっする棚にきちんと整理されている。床の横にある書棚には、歌仙や連句などの興行で巻いた無数の巻紙が整理されていた。

篤右衛門は庄兵衛との付き合いは長いが、この部屋へ入ったことはない。

「心覚えや、紀行の綴りなどは、この手元簞笥に収めてあります。親父はいつもこの簞笥を開けて、色んな綴りを眺めたり書きつけたりしておりました」

書院の横に置いてある年季の入った高さ四尺ほどの簞笥を示した。黒漆塗りで、南部鉄の飾り金具がちりばめられた見事な手元簞笥だ。

「越後物ですか」

「庄内だと言っておりました。これには俳諧の関係だけ入れており、商売用の書類で大切な書類は、あの帳場簞笥に収めてあります」

文机の脇にある飴色に光る簞笥を指差した。

「どうぞご自由にご覧ください」

そう言うと、部屋を出て行った。

篤右衛門は年代物の手元簞笥の前に座った。それぞれの抽斗や引き戸の四隅を飾る頑丈な飾り金具は、庄兵衛の人柄にとても似合っていて、庄兵衛の声が聞こえてくるような気がした。

廣之進は篤右衛門と別れて、留五郎と神田御徒町練塀小路へ向かった。この一帯は旗本屋敷が続き、茶坊主なども住んでいる。この先の下谷広小路にかけて御徒町や番組の大縄地など小身の御家人が多い。

深見が挑戦的な姿勢である以上、町方も手をこまねいているわけでないことを示しておかねばならない。

今日も市兵衛は、大番屋から引き出されて吟味を受けていると金太から報告が入っている。辻番は自身番よりひと回り小さく、入り口に所在なげに立っている番人の老爺に名乗って中に入った。留五郎は外で待たせた。入り口に座った年配の当番行司の侍に用件を告げる。

昨日稲垣に庄兵衛の訃報を告げた際、辻番での取調べ立会いについて、御徒目付組頭の了解を得てもらうよう頼んでおいた。

犬目付は御小人目付に属するので、組頭に話を通すべきなのだろうが、おそらく御徒目付の判断を仰ぐことになるだろうと、稲垣はあえて御小人目付組頭を飛び越して了解をとってくれた。

それくらい深見の処置は異常なもので、本来は自身番で取り調べるべき案件なのだ。

月行司の侍は廣之進の説明を聞いて、苦笑しながら中に招じ入れた。どうやら深見のやり方には、あまり同調していない様子だ。

奥の部屋で声高な声と、泣くような声が入り混じって聞こえてくる。もともと武士の吟味が辻番で行われることなど制度上ないために、自身番のような取調べ部屋はない。隣に納戸代わりの小部屋があり、市兵衛はその部屋で吟味を受けていた。

辻番詰めの当番役も書机を前にした書役一人と、月行司がいるだけで、自身番と違って番人をいれても三人しか詰めていない。廣之進を見ると迷惑そうに顔をしかめた。

廣之進は木戸障子を開けて隣部屋へ入った。板敷き四畳半くらいの部屋である。

床にあぐらをかいた侍が、入ってきた廣之進を振り返って見上げた。

「小鳥遊廣之進だな。参ると思っていた」

深見はぶ厚い唇を歪めた。同年輩だが大柄で造作の大きいいかつい顔をしている。板敷きに市兵衛が引き据えられて、下っ引き二人に頸を摑まれて、床に押さえ付けられていた。

部屋の隅に、名主の久助が壁に張り付くようにして小さくなっていた。廣之進の顔を見て安堵の表情を浮かべた。六人の男の入った部屋は冷え冷えとして狭い。

下っ引きが顔を上げて廣之進を睨んだ。一人はどこかで見たことのある下っ引きだ。もう一人の若い男の顔に見覚えはない。

「深見殿、辻番でのお取調べとは尋常ではないのでござらぬか。年番方与力の稲垣様も町人である市兵衛は、松永町の自身番で吟味あるべき、と申しておられる。いかなるお考えなのか」

ぴたりと床に端座した廣之進が訊ねた。深見は返事をせず、下っ引きに顎をしゃくった。押さえつけられた手が離されると、市兵衛は廣之進に向かって手をついた。

「小鳥遊様、お助けください」

髪は乱れ、いつもの癇の強さは消えうせ、おびえきった目を泳がせている。

「うるさい。大罪を犯したものが言える言葉か」

深見が大声で罵ると、廣之進を見据えた。

「町方と示し合わせて罪を隠そうとする者を、自身番で吟味するわけには参らぬ。拙者の吟味に口出しは無用だ」

「これは聞き捨てならぬ。示し合わせてとは何を根拠に申されるか」

「根拠か。目明しの留五郎が市兵衛や久助と示し合わせて、三吉や作治を脅したではないか」

「何を言われる。話し合いをしただけだ。法外な口止め料を要求したのは作治や三吉ですぞ」

廣之進の言葉に、深見はにやりと笑った。

「まぁよい。ここでお主と言い争いをしても埒は明かぬ。余計な節介は無用だ。全ては御白州で決着をつけようではないか。それも南の御白州でな。自身番の件は断る」

胸を張った。相当な自信があるようだ。

「節介ではない。先日我々が市兵衛から聞いた限りでは、可愛がっている猫を殺す訳がないと言うことであった。店の者に訊いても同じことをいう。市兵衛でなく三吉が猫を殺して放り込んだ、という噂もある。町方としても、そのようなことを聞いている以上、その真偽を確かめねばならぬ」

廣之進は深見を睨み据えた。深見は顔を紅潮させて反論しかけたが、思いなおした様子で止めた。

「さようか。ま、勝手にするがよい。ほざけるのは年内だけだ」

口を歪めて嘲笑うと、そっぽを向いた。

「ところで、市兵衛の罪はまだ決まったわけではない。逃亡の恐れもないのだから、夜は町預けにて自宅へ戻すのが道理でござろう」

「そのぐらい承知しておる。しかし町役人も信用ならぬ。どんな入れ知恵をするかもわからぬ。このような重罪犯人は大番屋へ繋ぐのが正しいと心得ておる。その方たちの差し金は受けぬ」

理由にならない深見の言葉に、廣之進は反論しようとしたが莫迦らしくなって止めた。下っ引き二人は薄笑いを浮かべている。

廣之進は、深見の態度を見極めるように睨み付けたあと、市兵衛と久助に向かって言った。

「市兵衛にも名主殿にも伝えておく。今も申したように、我々は探索を続けておるのだ。大事なことは真実だ。市兵衛も事実だけを申し上げろ。いいな」

真実、という言葉を念押しして腰を上げた。真実といっても、それが曲げられているわけだから、お題目に過ぎないことはわかっている。ただ自分たちは市兵衛を信じて、探索を継続していることだけは、伝えておかねばと思った。

「小鳥遊様……」

市兵衛が両手をついて涙を流しながら、縋るように出て行く廣之進を見上げた。

「どうでした。若」

辻番を出ると番太郎と話していた留五郎が訊いた。番太郎は目礼をして中に入る。

「思っていた通りだ。聞く耳持たぬとはあの事だな」

「ということは、まだお調べは済んでいねぇってことで？」

「そうだ、まだ市兵衛は陥落していないようだな。でもよく頑張ってもあと一日二日で口書に爪印を押すことになるだろう。しかし今月の月番が替る年明けに、大番屋送りにするつもりらしい。ということはいつまでも大番屋へ繋ぐわけにはいかぬから、口書（顚末自白書）さえ取れば町預けで家へ戻れるだろう」

「畜生、ひどいことをしやがる。しかし月番が変わるとやりにくくなりますね。さっき番人に訊くと、ひどいものらしいですな」

今月は北町奉行所が当番月だが、来月は南町奉行所となる。そうなれば、大番屋で吟味方与力は事情を知らない南から来ることになり、廣之進の手を離れてしまう。吟味のもとになるのは、深見が無理やり爪印を押させた仮口書だ。

「しかし、来年大番屋吟味だとすると、少し間ができた。なんとか打つ手を考えよう。問題は猫を放り込んだ三吉の目撃者だ。これさえ見つかれば盛り返せる。町方も探索をしていると言っておいた。深見がどう出るかだな」

確証が出れば、南の与力に提示できる。廣之進は言葉を励まして指示した。

「いよいよ喧嘩ですな。腹ぁ据えてやりますよ」

留五郎も目を据えている。

「それには、三吉の犯行を暴かねばならん。その後どうだ」

「なんだか近所中の口が堅くなったみたいで、どうもおかしいんでさ。猫はあの三吉が放り込んだ日の二日ほど前から居なくなったといいます。今、誰か見たものがいないか、近所を訊いてまわっていますが、はかばかしくいかねぇ。どうも深見様の手が回っているんじゃないかと、あっしは見ているんですがね」

留五郎は申し訳なさそうに答えた。

「考えられるな。しかしちょっと遅かったな」

廣之進は、篤右衛門に〈甘く見ていた〉と言われたことを思い出した。

「喜田屋の件と重なっていて大変だが、手を増やしてでも、とにかく聞き込みを続けろ」

「承知しやした」

留五郎は辻番を振り返ってにらみつけると、急ぎ足で富島町の店へ戻っていった。

留五郎と別れて御番所へ戻った廣之進が、退出の仕度をしているところへ、清蔵が顔を出した。

「若旦那様、留五郎さんと、政吉さんが来ています。なんでもあの茶船の出どこがわかった、と言っています」

「そうか、わかったか。よし、大門脇の小部屋へ留五郎たちを入れてくれ、そこで話を聞こう。お前も一緒に聞いてくれ。そのまま退出するから」

廣之進は大きく息を吸い込んだ。こんなに早く発見できるとは思っていなかった。昨日喜田屋で留五郎が声を荒げて、政吉を追いたてていた情景が思い出された。

「明日でもよかったんですが、いい知らせなんで、また引っ返してきました。庄兵衛さんを乗せてきた茶船は、江戸川河岸の艀宿（はしけやど）だとわかりました」

小部屋へ入った廣之進に、清蔵と話していた留五郎が少し得意げに言って、政吉に目をやった。

「江戸川河口と言えば、牛込御門のそばだな」

「さいです。江戸川の河口は神田川です。江戸川を遡っていけば、小日向（おびなた）村」

留五郎がにやりと笑った。

廣之進は思わず手を打った。

「小日向の先は護国寺、雑司ヶ谷！」

「やったな政吉」

政吉が嬉しそうに笑った。庄兵衛は雑司ヶ谷で消息を絶っている。

江戸川は神田上水の取水地と接しており、江戸の台所として野菜や果物の供給地として平船が、絶えず江戸川経由で江戸を行き来しており、河口から庄兵衛が行方を絶った雑司ヶ谷まで半里あまりだ。

「茶船の舳（みよし）の羽目板をはずしたら軽子（かるこ）（背負子）が出てきたんです。それで艀宿を探したら、神楽河岸の舟だとわかったんです」

「軽子？　なんで神楽河岸なんだ」

政吉の説明に首を傾げた廣之進に、留五郎が笑いながら話を引きとった。

「軽子ってのは、縄で編んだもっこのことでさ。河口一帯の武家屋敷へ荷を揚（あ）げたり、江戸川上流の雑司ヶ谷村や高田村なんかの荷を、江戸市中へ運んだりする人足は、軽子と呼ぶんです。軽子には神楽（かぐら）という札が結んであったんでさ。神楽河岸のある揚場町に軽子が沢山住んでいましてね、軽子坂ってのもある」

廣之進は納得してうなずいた。

江戸川河口は神田川岸にあり、周辺は武家屋敷で、揚場町は神田川沿いにぽつんとある町人町である。川向こうに外牛込御門がある。

神田川河口は、隅田川の両国橋の下流岸だ。

両国橋下で、庄兵衛と金を交換した犯人が忽然と消えた理由もわかった。

留五郎に追いたてられた、政吉やカケスたちの懸命の聞き込みの成果だった。これで庄兵衛が拉致拷問された場所を江戸川周辺と絞りこめる。初めてみつかった糸口だった。

政吉たち下っ引きにと、廣之進は留五郎にいくらかの小粒を渡した。政吉は嬉しそうに戻って行った。

（九）

廣之進は、清蔵と留五郎を伴って役宅へ戻った。

「おう戻ったか」

篤右衛門の部屋を覗くと、部屋一杯に綴じた帳面や懐紙の束など様々な紙が広げられている。

「なんですか、これは」

「庄兵衛の書き物を借りて帰ってきたのだよ。向こうでは落ち着いて調べられないものでな」

「父上、そのお話を聞く前に、茶船の出どこがわかりました。神楽河岸の茶船だそうです」

「それは、でかした。よくぞ短い間に調べ上げたものだな。留五郎」

篤右衛門に褒められて、留五郎は頭を下げた。

「政吉たちは木戸が閉まるまで、駆けずり回ったみたいです」

廣之進が顚末を話した。

「そうか、近づいてきたのう。軽子とはよく気づいた。犯人が金を要求していることを考えれば、武士とは考え難い。庄兵衛が雑司ヶ谷から深川まで歩いて帰るとすれば、江戸川沿いに続く武家屋敷の中を歩くしかない。しかし、武家屋敷街で町人が悶着をおこすとは思えない。とすればじゃ、犯人が庄兵衛を拐かしたのは、神田上水の水道町かその付近と考えてよいのではないかの」

「そうでやすね旦那。小日向村から雑司ヶ谷までの間じゃないですかね」

留五郎が気負った口調で答えた。

「よし、一歩進んだ。ところで市兵衛のほうはどんな様子だ」

「今日練塀小路(ねりべいこうじ)へ行ってきました。深見は思いこみが激しい、理屈もなにも通らない男ですね。町方は三吉が死んだ猫を投げ込んだという噂があるので、市兵衛も含めて事実を探索している、と言っておきました。深見はほざくのは年内だけだ、と嘯(うそぶ)いていましたけれど」

「ほほう。年内と申しておったか。どうもその強気が気になるな。深見は何を狙っているかだな。ひょっとしてこれに関係があるかも知れぬ」

ひと通り話を聞き終えた篤右衛門は、懐紙を紙縒(こよ)りで綴じた冊子を畳の上から取り上げて廣之進に渡した。

『覚へかき』とある。肉太だが几帳面な文字で日付と共に、日記ではないが、杉風の話とか季語の工夫とか、俳諧に関係した心覚えを書きとめてある。

《宝永五年仲春二十三日　其角殿一周忌》とあり、杉風の回顧の言葉などが書き留めてある。

中ほどに、句と和歌が書き留めてあった。

〈夕立や　田はみめぐりの　神ならば〉

〈小倉山　峰立ちならし　なく鹿の　経にけむ秋を　知る人ぞなき〉

「これが何なんです？　父上」

「説明する前にもう一度これを見ろ」

懐紙を広げてみせた。脅迫文を書いた懐紙である。


〈庄兵衛預ル。町方へ知ラセルト即殺、百両用意受渡ハ後連絡〉

〈卯之吉へ。私は監禁されているが無事だ。要求に従えば帰らせてもらえる。絶対に小鳥遊様などに他言無用。監禁の証明に大事な蛙の根付を送る〉


廣之進と留五郎は顔を見合わせて、篤右衛門の顔を見た。深刻な顔が得意げな顔になっている。

「この庄兵衛の書いた言葉は、筆跡を覚書と比べると、まちがいなく庄兵衛のものだ。だがよく読むとおかしなところがある。ひとつは、わざわざ儂の名前が書いてあることだ。犯人の要求文にも町方と書いてあるのに、何故わざわざ小鳥遊の名を付け加えたのだろう。この文脈では小鳥遊はお前ではなく、儂を指しておると思うのじゃ。それともうひとつは蛙じゃ。〈大事な〉などと一見不要な言葉が添えてあるのだろう」

篤右衛門が廣之進の目を覗きこむ。廣之進は首を傾けた。

「言われれば、そうとも思いますが……」

「そこで儂は考えた。この文は庄兵衛が儂に何かを伝えようとしたに違いない」

「伝える？　拐かしの犯人をですか」

「そうだ、犯人か場所じゃな。その鍵は蛙だ。庄兵衛は蕉翁にあやかって蛙を彫らせたと卯之吉は言うておる。芭蕉で蛙といえば何じゃ」

「古池や……？」

「その通り。〈古池や　蛙とびこむ　水の音〉は『蛙合二十句（かわずあわせにじっく）』の一番句じゃよ」

　ますますわからなくなって、廣之進は降参の印に両手をあげた。

　留五郎も首を捻っている。

「そこでこの句と和歌が登場する。『覚へかき』をめくっておって、この其角殿の一周忌句会の欄に行き当たった。この句は其角殿が向島の三巡（みめぐり）神社で詠んだ雨乞いの句じゃ。和歌は紀貫之（きのつらゆき）が〈おみなえし〉を折句にした歌で有名なのだ。あの一周忌で杉風殿は貫之の歌を詠んで、其角殿の三巡の句には、貫之と同じ折句が詠み込まれているのではないか、と言われた」

「折句ですか。句の頭の文字を読むあれですか」

　廣之進の言葉にも、留五郎は訳がわからないという顔をしている。

「そうじゃ。それぞれの句の頭と終わりの文字を読む沓冠（くつかんむり）という複雑なものもあるが、これは冠の文字だけじゃな。其角殿の〈夕立や〉の句は〈ユタカ〉と読める。漢字でかくと〈豊〉じゃな。杉風殿は、神の恵の豊かさを折り込んだのではないか、といっておられた。当日蕉翁の句も話題となった。まずこの貫之の歌はなんと読む？」

「小倉山ですからオ、峰立ちのミ、泣く鹿のナ、経にけむのへ。知る人のシですから。オミナヘシ」

手にもった栞を挟んだ『覚へかき』を見ながら答えた。

「その通り。秋の花だ。これに倣って古池や、は？」

廣之進は『覚へかき』に目をこらした。

「古池のフ、かわずのカ、水のミですか？　あっ、フカミ、あの深見？　深見高之助？　まさか父上……」

留五郎も驚いて背を伸ばすと、廣之進の手元を覗きこんだ。

「そう、その深見じゃ。蕉翁の場合の折句の意味は深い水、つまり深山古池を表すと杉風殿は言われたが、庄兵衛は深見と儂に伝えたかったのだと思う。儂も目を疑った。しかし庄兵衛の残した書き物のなかで、蛙に関連することといえばこれしかない。庄兵衛は儂が貫之の和歌を見るまでもなく、蛙を見れば思い出すと考えたのではないか。しかし儂はこの『覚へかき』を見るまで気づかなかった。もっと早く気づいておれば……」

廣之進から受け取った『覚へかき』を祈るように閉じた。

「そうだとしたら、何故深見が庄兵衛を拐かす理由があるのでしょうか」

「そこがわからぬ。儂も深読みではないかとも思うのだが、どうしてもこの考えは捨てがたいのじゃよ。庄兵衛の声が聞こえるような気がする。拐かしと同時に起きた煙管屋市兵衛の事件も妙に気になる。そして深見の強気じゃ。この文を書く前に、庄兵衛は深見の顔を見たのであろうな。深見はそれに気づいて殺したのではないだろうか」

「わかりました。留五郎、お前もこの事を頭に入れておくのだ」

廣之進はもう一度脅迫文を書いた懐紙を眺めた。

「父上、深見の経歴はまだわかりませぬか」

「うむ、小普請の家から、犬目付の御役をもらった事しかわからぬ」

「そうですか、ならば、作治らとは何かの腐れ縁でしょうか。作治と三吉を早く捕まえて調べねばなりませんね」

「うむ、急いでくれ。深見の動きも気になる。梅助に深見を見張らせてくれ。留五郎だと市ヶ谷あたりをうろつくことはできん」

篤右衛門は、廣之進に指示すると、考え込んでいる。

「旦那の俳諧趣味が役に立つとは、恐れ入りましたね、若」

父の部屋を下がるとき、留五郎は首を振りながら言うと、富島町へ戻って行った。

八丁堀の空は漆黒の闇で、寒風が吹きすさんでいる。

廣之進は夫婦の居間に戻った。

「お疲れでございましょう。一献召しあがりますか」

おたまが帯も解かず待っていた。

「いや、茶でよい。父上のお考えの鋭さには、ほとほと感じ入ったよ」

折句の話を聞かせた。おたまは目を輝かせて聞き入っている。

「庄兵衛さんは懸命にお考えになったのですね。お気の毒に……。お義父様も気落ちしておられます。古いお付き合いでしたのに」

おたまが首を傾けた。

「父上は、まだなにか私に知らせたくないことがあるみたいだ」

「何なんだろう。今まで何でも話してくれていたのに」

おたまの淹れた熱い茶をすすった。凍りついた漆黒の闇をひび割れさせるような、子の刻を知らせる木戸番の拍子木の音が聞えてきた。

第三章　遊女

（一）

　庄兵衛の葬儀が終わって二日経っていた。拐かしの拠点は、雑司ヶ谷から水道町あたりらしいと目星はたったが、犯人の目星はまったく立っていない。篤右衛門の推理から深見が疑わしいが、推測の段階にすぎない。

　市兵衛は驚異的な粘りをみせて、爪印を拒否しているが、深見の辻番吟味という奇策が仇になり、〈軀（からだ）に訊く〉という強引な方法が憚（はばか）られて、自身番のような自由な吟味ができないせいでもあった。依然として町預けではなく、大番屋泊りが続いている。

　暮れも押し詰まってきて、御番所の見習い教育をする御用もないため、篤右衛門は庄兵衛の残した〈フカミ〉の裏付けで連日外出している。

「大竹屋が犬目付に自身番へ呼び出されたそうです」

　御番所同心詰所にいた廣之進を清蔵が呼びにきた。もう正午近い時刻だ。カケスが表門で待っているという。

年寄同心に挨拶をして、扇橋の自身番へ向かった。今度深見は辻番でなく自身番を使ったようだ。辻番の不自由さに懲りたのだろう。

「何のお咎めなんだ」

「なんだかよくわからねぇんですよ。蜘蛛が何とかと言ってるようです」

「蜘蛛？」

大竹屋の手代が富島町へ駆け込んできたという。大竹屋は廣之進でなく篤右衛門を頼ってやってきたのだろうが、廣之進にはその理由がわからない。しかし放っておくわけに行かず自身番へ向かった。

扇橋のたもとには、四、五人の野次馬が自身番の中の様子を窺っている。留五郎と梅助が入り口前で、川風に背をむけて寒そうに軀をゆすっていた。

「若」

梅助が素早く寄ってきた。

「蜘蛛を闘わせる、座敷鷹とかいう遊びをしていたことのお咎めだそうです」

「座敷鷹だと？」

聞いたことはあったが、実際にそんな遊びをしている連中は知らない。

「それと、若。例の旦那を尾けていた野郎ですがね。中にいますぜ」

自身番に目をやった。

「本当か」

「へい、旦那に言われたように、あっしが今朝市ヶ谷の御徒組屋敷を見張っていますと、野郎が深見様を迎えにきたんでさ。ひと目見てわかりました。大川吟行の日に喜田屋の前にいた野郎です。手代風のなりをしています。そのあと旦那が冬木屋と大竹屋へ行った日も尾けていました。どうも深見様の下っ引きのようですね。」

「なんだと。深見の？　一体どういうことだ。しかしよく役宅が見つかったな」

「そこは商売柄、蛇の道は蛇でさ」

にやりと、剃り跡の青い頰を緩ませた。普通町人が武家屋敷や組屋敷区域をうろつくと、とたんに辻番小屋の開け放った戸口から大声で誰何される。その点武士の髪も結っている場所回りの髪結いは、大手を振って通ることができる。この特典を利用できる梅助を篤右衛門親子は大切にしている。

「深見様は下っ引きを連れて、まっすぐこの扇橋へやって来ました。米八という下っ引きが、もう大竹屋と町役人を自身番へ呼びつけていました」

先日練塀小路の辻番で、市兵衛を押さえつけていた二人のようだ。篤右衛門が言っていたように、喜田屋の件となにか繋がりがあるのか。

それにしても、廣之進たちの関係する事件に絡んで、深見の動きはただならぬものがある。今回は廣之進に挑戦するように、深川の自身番へ乗り込んできた。廣之進は梅助たちを待たせて自身番に入った。

当番行司の家主や書役など四人の男が廣之進の顔を見て、安堵の表情で頭を下げた。障子の向こうの板敷きでは、例の深見の甲高い叱責の声が聞こえる。

「御免」

声をかけて板敷きの部屋に入った。辻番より一回り大きい部屋で、板敷きは入り口の居間と一尺足らず低くなっており、吟味のために設えてある部屋だ。

大竹屋駒六は後ろ手縄で、壁の金輪に結ばれていた。完全な罪人扱いである。

「遅いな、小鳥遊」

深見が唇を歪めていう。辻番のときと同じように、廣之進がやってくるのを見透かしているぞ、といわんばかりだ。

「何の罪でござるか」

「何を寝ぼけたことを言うておる。それでも定町廻同心か。このような大罪を見落とすとはお勤怠慢のきわみだ」

例によって大袈裟な言葉を並べた。今日の深見は、以前の辻番のときよりも一層自信にあふれている。下っ引きの米八が後ろ手に縛られた駒六の背をぐいと突いた。白髪を乱した駒六が、枯れ木のような軀をよろめかせた。

「座敷鷹だと聞いたが」

「さよう、蜘蛛を闘わせて殺し合わせるとは、上様の御慈悲をあざ笑うもの」

「殺し合わせてはおりませぬ。先ほどから申し上げておりますように、蠅とりを競わせているだけなのでございます」

駒六が白髪を振り乱して声を振り絞った。

「莫迦者。何度言ったらわかるのだ。蠅も生き物だぞ。蠅だろうと蜘蛛だろうと、殺しは同じだ」

廣之進は言い返す気も起きない。まだ見たこのない座敷鷹とはどんなものなのかわからないが、深見は蠅や蜘蛛の命を、まるで人の命と同列に論じている。莫迦々々しいが、当世でこの論理に言い返すことは御法度だった。

駒六が座敷鷹を行っていたことは、間違いないことらしい。廣之進としてはどうしようもない。大竹屋は父が付き合っている俳諧仲間だという事は知っている。父とどう関係があるのか。深見はなぜ、廣之進が自身番へやってくることを予想していたのか。廣之進は腑に落ちない。

将軍綱吉の生類憐れみの御触れで、江戸中は極度にぴりぴりしてはいるが、そこは建前で深見のような極論で人は生きていけるはずがない。御触れが始まって二十数年、町民も御番所もお互いに逃げ場を作って、嵐の過ぎるのを待つというのが実情だった。評判の悪い犬目付などは、心底憐みに溢れている訳でなく、その暴論をかさにきて、私利私欲に走る者が多く、余計怨嗟（えんさ）の声が高くなっている。

通常だと、相手が蜘蛛であるから、御叱りか、過料で終わるのだろうが、深見の張り切りぶりは異様だ。

「しかし手縄とは少し厳しすぎないか」

「何をいう大罪だぞ」

「大罪？」

莫迦らしいが、問い返した。

「今、ゆるゆると一味の名を吐かせておる。小鳥遊篤右衛門にも覚悟しておくように伝えろ」

「父に？」

廣之進は一瞬言葉を失った。

「そうだ。何だ？　知らないのか。莫迦めが」

深見はぷいと横を向くと、駒六に向き直った。

「駒六、冬木屋と山口屋。後の者の名をもう一度言って、小鳥遊の息子に聞かせてやれ。誤魔化してもだめだぞ。こちらでは、ちゃんとお調べはついているのだ。神妙にしゃべれば、お上のお慈悲もある」

折れ弓で床の板を震わせるほどの音で叩いた。駒六は軀を震わせると、廣之進をちらりと見て渋々口を開いた。

「山口屋、喜田屋、伊勢屋、小鳥遊様……」

それ見ろ、といわんばかりに、得意気に深見は廣之進を振り返った。

「父は俳諧の集まりに出ただけだ」

「ふん、ふん。古池や……か」

嘲笑を浮かべた。

〈そうだ、古池や、だ。お前が喜田屋を殺したんじゃないのか〉

廣之進は父の名を出されて、言い返すのをためらった。以前俳諧の席で馬肉が饗されたと聞いている。なにか奥歯に物が挟まったような父の態度に、もどかしさを感じていたのは確かだ。深見が、廣之進がやってくるのを待っていた訳が、ようやく飲み込めた。

「蜘蛛を競わせることが大罪なのか、蝿の命と人の命、罪の軽重を考えた吟味が必要だろう」

「何も知らぬくせに、わかったようなことを言うな。吟味のやり方についてお主にとやかく言われることはない。そんな莫迦を言っていると、篤右衛門と同罪だぞ。年内には、篤右衛門を大番屋へ呼びだして吟味いたす。覚悟いたせと、伝えておけ」

深見は自信ありげに含み笑いをしてそっぽを向いた。

廣之進は憤然として、板敷きの部屋を出た。

篤右衛門が山口屋の半歌仙から戻ったのは夜遅く、廣之進はその日の様子は詳しく聞いていない。翌日喜田屋が拐かされたこともあり、詳しく聞く機会がなかった。

あの山口屋の半歌仙の日に座敷鷹があったらしい。篤右衛門の浮かぬ顔の訳を廣之進はようやく悟った。

顔色を変えて出てきた廣之進に驚いて、留五郎たちが寄ってくる。

「俺は至急父上と相談せねばならぬことができた。お前たちは庄兵衛殺しでの深見の関わりを調べろ。猶予なしの大至急だぞ」

留五郎は廣之進の様子をみて、深く訊ねることなく、手下に小声で指示を出している。

（二）

篤右衛門は清蔵を伴って冬木屋へ向かっていた。永代橋は行き交う人で溢れている。橋の上から立ち止まって川面を眺めた。小さな白波がたち、粉雪が舞って新大橋まで見通すことができない。

犯人たちは庄兵衛を交換したあと、この永代橋手前で浜町川に入り、浜町河岸で猪牙舟を乗り捨てたと、きのう留五郎の連絡があった。

拠点が雑司ヶ谷周辺とわかった今では、浜町河岸は犯人たちの目くらましとわかるが、その徹底ぶりには感心させられる。

庄兵衛事件と深見のつながりが、どうしても気にかかっている。以前冬木屋に会ったとき、庄兵衛の誘拐について何か心あたりがあるらしい態度だった。あのとき庄兵衛はまだ生きていると思っていた。無理やりにでも確かめておけば、展開が変わっていたかもしれない。篤右衛門は唇を噛んだ。

橋を渡りきり、黒江町から北へ斜めに路地を入る。深川八幡の年の市が始まった日、冬木屋へ向かった道だ。あのとき既に、庄兵衛は死んでいたのだ。

手代に案内されて、篤右衛門は奥の部屋へ通された。冬木屋弥平次は笑みのない顔で現れた。

「小鳥遊様、喜田屋さんは酷いことになってしまいました。一度お話をお聞きしたいと思っておりましたが、なにぶん今は憚れるときでもございまして……」

葬儀の際には話す間もなかった。

「そうだろうな」

篤右衛門が皮肉な口調で答える。

「心の臓が止まる急病とお聞きしましたが、例の拐かしと関係があるのでございますか」

篤右衛門の皮肉を、何食わぬ顔で受け流して訊いた。拷問については緘口令をしいてあるので、弥平次は知らないはずだ。

「拐かしで金の要求があり、庄兵衛と交換したが、そのとき既に亡くなっていた」

「で犯人は?」

「逃げられた」

「左様でございますか」

浮かぬ顔をしている。しかし逃げられた経緯を聞こうとしないあたりが、この男の食えないところだ。

「この前邪魔をしたとき、お主は喜田屋の拐かしに何か心あたりがある様子だったが、庄兵衛の無念を晴らすためにも、話してくれぬか」

篤右衛門は前置きなしに訊いた。

「おわかりでしたか。参りましたな。いや、小鳥遊様には嘘はつけませんな」

あっさりと認めた。

「狙われているとか……」

「そうなんですよ、小鳥遊様。お話しさせてもらいますよ。喜田屋さんの為とあれば喜んで」

篤右衛門は鋭い目でうなずいた。

「あれは半月くらい前でしたか。作治という男がやってきました」

「作治だと?」

驚いて聞きなおした。ここで作治の名を聞くとは思わなかった。

「御存じの男ですか、ならば話は早い」

作治と名乗る男が突然一人でやってきた。用件を手代が訊くと、それは会ってからだと言う。ならば取次はできませんと手代が断った。作治は、懐から袱紗に包んだ物を見せて、これを見せれば会ってくれるはずだという。作治はどこかの大店の番頭風の押し出しのよい男だったけれど、手代は一見で予定のない方には、主人はお会いしませんと断ると、じゃこれを置いてゆくから旦那に見せておいてくれ、明日またくるからと、おとなしく引き下がった」

「何を置いていったんです」

「蠅虎の筐です」

「蠅虎だと？」

驚いて問い返した。篤右衛門はあの夜、半畳の白布に置かれていた蜘蛛の筐を思い出した。なぜ深見が座敷鷹のことを知っているのだ。

「それで、翌日会うことにしたんです」

「その筐は、あの連衆の誰かのものか」

動揺を隠して訊いた。

「私も気になりまして、聞いてみたんですが誰のものでもないようです。見たところ漆も粗く、材も竹かなにかで、いいものではない。どこかの印籠屋で求めた物じゃないですかね」

そう言えばあの夜、連衆が持っていた筐は蒔絵や金粉を施した豪華なものばかりだった。まさにお大尽の道楽だ。たかが蜘蛛の器にと失笑したものだ。作治といえば市兵衛の事件では主役の男だ。どういう組み合わせなのだろう。篤右衛門は懸命に考えながら言った。

「座敷鷹のことを知っているぞ、という脅しだな」

「そのようです。わざわざあんな物を用意して見せなくとも。口で言えばすむものを」

弥平次は苦笑した。

作治は、座敷鷹のことを一言も喋らず、自分は日傭取りの世話をしている口入屋だ。ついては冬木屋が関わっている寛永寺子院の普請に、日傭人足を入れさせてくれないかと言った。

寛永寺の根本中堂の造営には、紀伊国屋文左衛門や松木新左衛門が用材を納入して巨万の富を築いたが、その後も延々と、子院などの塔頭伽藍の築造は継続されている。冬木屋がその用材を納めていることまで、作治は調べてやってきたらしい。

長年の付き合いで、大工、左官、石屋などは細かく決まっているし、その下で働く日傭取りも皆勝手知った熟練でないと無理だと断った。

弥平次は篤右衛門の困惑を知らず、淡々と語った。

「じゃぁ、弥平次さん。この箆を買ってくれませんか、と笑いながら、とても丁重に言うんですよ。あたしも木場の人足や荒くれを相手にする商売柄、強請りたかりには何度も会いましたが、あんな男は初めてでした。通常初対面の方は私に対して屋号で呼びます。名は言わないものです。弥平次さん、という言い方はなんだか少し居丈高で元お侍だった感じでしたねぇ」

「侍じゃない。中間だったらしい」

「そうですか。小鳥遊様も目をつけておられる男なんですね。勿論断りましたよ。すると自分は以前世話になった、深見高之助という犬目付がおられるので、そこへ届けないと仕方ありませんな、と言って、あっさりと帰ろうとするから、あたしは思わず、ちょっと待った」照れたように笑った。「これで、奴の調子に合わせられてしまって、とりあえず考えるということで、帰らせたのです」

「だけどその蜘蛛入れは、連衆のものではないのだろう？」

「当たり前ですよ、あんな安物」

弥平次は言い捨てた。

「ならば、作治が深見に届けたとしても、問題ないのではないか」

弥平次の言い方に、大尽独特の驕りを見て、篤右衛門は不快気に言った。

「それはそうなんですが、やはり座敷鷹は内分にしたいという気があるんですな。うっかり作治の口車に引っかかってしまいました」

弥平次は苦笑した。

「で、幾らで買えと？」

「言わずに帰りました。そこで大竹屋や喜田屋さんに聞いてみると、胡散臭いのが店の手代や下女に、嗅ぎまわっているらしいとわかりました。どうもそのあたりから、座敷鷹が漏れたようです」

「やはり、そうか。私も尾けられていた」

「小鳥遊様もですか」

弥平次は、一瞬考え込んだ。

「なるほど、そこで私が、お護り代わりに選ばれたわけか」

「申し訳ありません。庄兵衛さんは小鳥遊様のことをよくご承知なんですが、他の者は存じ上げておりませんので、それであのときご招待したのです」

「あまり嬉しい話じゃないが、今更仕方ないな。じゃが、作治と言う男は底の知れない男のようで、甘く見ると怪我をするぞ」

「承知しております。深見様というお方は、御犬目付になられてまだ日が浅いらしいですな」

さすがやることが早い。抜け目なく調べている。半月前だと弥平次は言ったが、その頃既に作治は、三吉と二人で市兵衛を強請りにかかっていた。庄兵衛の事件にも作治は関わっていたのではないか。

弥平次の言葉が、頭の隅で意味もなく流れている。頭にひらめいた考えに、篤右衛門は身体が熱くなるのを感じた。

「まだ二年くらいだと聞いておる。しかし、作治があちこちで深見の名を出して強請っていることは知っておる」

煙管屋市兵衛のことを話した。

「辻番で御調べですか。なんともおかしな話ですな。御番所から文句が出ないのですか」

訴訟の筋道を心得ている弥平次は痛いところをついてくる。

「なかなか抜け目のない男だ。証拠を残さないし、金額もなかなか提示しない」

「市兵衛さんはいかほど？」

「十五両。我々に内緒で払ったけれど、捕らえられてしまった」

「深見様もそれに関わっていると？」

「そこのところがよくわからんのだ。作治は市兵衛のところでも犬目付深見を振りかざしている。冬木屋さんの場合も深見の名を出して脅しているところは、そっくりだ」

突然店先で拍子木の鳴る音が聞こえた。

「四つ半（十一時）を知らせているんですよ。昼が近いので、店の者と客の無駄話を防ぐのです」

店先に顔を向けた篤右衛門に説明する。さすが豪商、店内の躾もなかなか厳しい。

弥平次はおもむろに訊いた。

「小鳥遊様は、喜田屋さんの件も作治や深見様だとお考えですか」

「冬木屋さんは、なぜそう思うのかな」

逆に訊いた。

「作治が、あまりにやすやすと深見様の名を出すからです。まるで、犬目付の手下みたいです。それで私たちを嗅ぎまわっていたのは、犬目付なのかも知れないと思ったのです。そこへ喜田屋さんの事件でしょう。関係があるのではないかと……」

弥平次は篤右衛門の目をまっすぐ見つめた。

「さすがよく見ておる」

弥平次は肩の力を抜いた。

「喜田屋さんはいかほど？」

「百両」

「そうですか。それで済まなかった」

うなずいて、弥平次は黙り込んだ。篤右衛門はぬるくなった茶を飲んだ。弥平次も茶碗を取り上げて、一瞬目を泳がせる。

「今のご時世普通考えられないことが起きますから、蜘蛛くらいと莫迦にできません」

一息ついて、茶椀に口をつけて台に戻すと、意を決したように話し始めた。

「御承知かと思いますが、私は銀座役人の中村内蔵助さんと親しくさせてもらっております」

「存じておる。ということは、勘定奉行荻原重秀（おぎわらしげひで）様とも親しい」

先廻りして言った。

「左様でございます」

自慢げでなく、あっさりと答えた。荻原重秀は四人いる勘定奉行の一人で、貨幣改鋳などで悪評が高く、御側用人から大老格までのぼり詰めた松平吉保の懐刀と言われている。中村内蔵助は銀座役人として元禄小判の改鋳を手掛けて巨利を得たと噂される京の豪商だ。

「小鳥遊様と二道かけたようで、お気を悪くしないで頂きたいのですが、一昨日、内蔵助さんの口利きで、御徒目付組頭様とお会いいたしました。お名前はご勘弁ください。たかが道楽が嵩じたあげくの悶着を、そんな方々に通じるのはいささか気恥かしいのですが、喜田屋さんのこともあり、仲間の命が蜘蛛と天秤に掛けられているとなれば、私事ではすみませんものですから」

御徒目付組頭は二百俵御譜代席で、五十人いる御徒目付の長だ。四名が定員となっており、旗本以下の監察で、御小人目付百人の支配でもある。

篤右衛門は冬木屋の隠し持った力に、今更のように感心した。だからこそ御政道に対して鬱憤をはらすかのように、桜節を食べたり、蜘蛛にうつつを抜かす余裕があるのだろう。

しかし、やっていることが、今の御法度に照らせば犯罪であっても、道義に反したことでないだけに暗さはない。商人が様々な規制の間を潜り、逆に規制を逆手にとって儲けていることは周知の事実だ。座敷鷹にしてもおそらく同じのりで始めた鬱憤晴らしにちがいない。それだからこそ篤右衛門もあまり目くじらをたてないできた。

しかし〈遊女〉を踏み殺したことで、弥平次たちは一線を踏み越えてしまった。それで慌てて内蔵助に頼んだということらしい。

「私のお守では、どうも危なっかしいということですな」

「いやいやそういうことではありません」

篤右衛門の皮肉に、弥平次は慌てて両手を激しく振った。

「この際はっきり言っておくが、私は冬木屋さんたちの興行の連衆に加わったことで、深川衆の後ろ盾になったつもりはない。喜田屋との付き合いも昔からそうだった。行き過ぎた無法を許すつもりはない」

篤右衛門の言葉に、弥平次は居ずまいをただすと、笑みのない顔で答えた。

「それは、喜田屋さんから聞いてよく存じ上げております。ただ作治は深見様の名を掲げておりますので、御徒目付様にご相談するほうがいい、と思ったのでございます」

憐れみ令に関しては、御番所は腰が引けていることを見透かしている。

「なるほど、それで組頭はなんと」

篤右衛門は苦笑しながら訊いた。

「組頭様は、調べて然るべき処置を考える、と申されました」

「ははー、作治が金を要求していることについては？」

「深見が要求している訳でない事案に、御徒目付としては、手出しする筋合いではない」

表情をうごかさずに答えた。

「なんと町方が尻ぬぐいせいということか」

篤右衛門は、憮然とした声を出した。確かに筋論だが、冬木屋の相談は、深見が関わっているかもしれないからこその相談であったはずだ。そこを避けたなんとも姑息な回答だった。冬木屋はこれで納得したのだろうか。

しかし、考えてみれば、冬木屋は座敷鷹、特に〈遊女〉の一件で、火の粉を避けられるならば、金を払ってもいいと、考えているのかもしれない。

「勝手なことで、小鳥遊様を巻き込みまして、誠に申し訳ございません」

弥平次は悪びれるところなく、丁寧に頭を下げた。

「私は先ほど申したように、強請りを許すつもりはない。お主が私に内緒で金を払ったとしても、わたしは作治を放っておかない。御徒目付が言われるように、この件は町方の仕事ですからな」

篤右衛門はきっぱりと言った。

「おっしゃる通りです。強請りは一回で終わると考えておりません。私も作治の悪巧みを、つぶしてやりたいと思っております。金よりも何よりも、冬木屋が強請りに負けたとなれば、私の名がすたります。今後は小鳥遊様のおっしゃるようにいたします」

勘ぐれば、御徒目付に身分保証されたせい、ともとれる潔さだ。篤右衛門は腹で笑った。

「それで、その後作治からの連絡は、どうなっているのか」

思いなおして訊いた。

「はい、二度ほど連絡があり、先延ばしにしております」

「今度連絡があれば、蜘蛛筐を買うと返事するがいい。作治にでっちあげの証拠品を握られたままでは、何かとさし障りがでるかも知れない」

「いかほどで買えばいいでしょうか」

「作治が言いだすまで待つことだな。言えばそのまま払えばいい。冬木屋さんの身代が傾くほどのものではないだろう」

弥平次は苦笑しながらうなずいた。

「そのときに、何かしておいたほうがいいのですか」

弥平次は、篤右衛門の本心がどこにあるのか推し量ろうとするように、篤右衛門の顔を見つめた。

「いや何もしないほうがいい。書き入れなどを求めるとかえって疑われる。金を払ったという事実が残ればいい」

「わかりました。作治からなにか連絡がある頃です。動きがあれば連絡いたします」

篤右衛門は何も言わず立ち上がった。

組頭の言い分はかちんとくるが、作治を捕らえる絶好の機会だった。市兵衛の場合は、作治に裏取引で金を渡しているので、尻尾を掴むことができない。冬木屋が積極的に協力を申し出ているこの機会を逃してはならない。

（三）

「父上、先日の山口屋での俳諧の寄り合いについてお話しいただけませんか」

「どうしたのだ。何があった」

夕刻篤右衛門が戻ると、血相を変えた廣之進が部屋へ入ってきて座った。扇橋の自身番で深見と別れてから、役宅へ戻ったのだが、篤右衛門が出かけた後だったのでまた御番所へ戻った。勤めを早めに終えて役宅に戻ると、じりじりしながら待っていたのだ。

「大竹屋駒六が、座敷鷹をおこなった罪を問われて、自身番へ呼ばれております」

「大竹屋が？　そうか、やはりの」

「わかっておられたのですか。座敷鷹がおこなわれていたことを。何故お話ししていただけなかったのですか」

茶を運んできた千種が、詰問調の廣之進に驚いている。

「歌仙という触れ込みだったので、気軽に行ったのじゃよ」

「話しておいていただければ、深見に不意打ちを食らうこともありませんでしたのに」

「深見に会ったのか。それはすまぬことじゃった」

生真面目に頭を下げた。

「いや、父上を咎めているわけではありません。深見があのような微罪を大罪などと嘯（うそぶ）く理由がわからないのです」

「大罪だと……？」

篤右衛門はゆっくりと茶碗をおいた。

「お主に類が及ぶかもわからぬので、知らぬほうがよいと思ったのだが、大罪とは大げさなことじゃ」

「どちらにしても、わかることです。この件については隠さずお話しください。深見はともかく、御番所に対して、私と父上の言動に行き違いがでると、かえって面倒なことになります。私の庇いだては無用です」

強い口調に、千種が口を挟もうとしたのを目で制して、篤右衛門は頼もしげに廣之進を眺めた。

「そうか、あいわかった。実はあの座敷鷹の席で、伊勢屋良介という木綿屋の男が飼っていた蜘蛛が〈遊女〉という」

「蜘蛛に〈遊女〉ですと？　それは家光公の鷹の名ではありませんか」

「そうじゃ、儂も驚いた。実はその蜘蛛を伊勢屋が踏み殺してしもうたのよ。深見の言う大罪とはそのことだろう。儂の心配もそこにあるのだ。とんだ口実を与えてしもうた」

千種が、顔色を変えて口に手を当てている。

「〈遊女〉を踏み殺した？　これが公になると少し事ですぞ、父上。そうか、それで深見は余裕しゃくしゃくだったんだ。深見はこんなことも言っておりました。父上を年内に大番屋へ呼びだして吟味するから、覚悟するように伝えろ、と」

手あぶりの炭を注ぎ足していた千種が手をとめた。

「大番屋へだと？　なんとまた、何を根拠にそんなことを言うのだ」

「だけど父上、深見は自信満々の様子でした」

「そんなことはできない。考えてみろ、儂は役下がりになったとはいえ、元御番所同心だ。しかも今も御番所で見習いを教えておる。儂を吟味するのは、支配の奉行か、御徒目付だ。しかもそれは御番所でしかできん。町人と同じように、大番屋などと訳のわからんことを言うほど、深見は不見識な男じゃ。心配することはない。蜘蛛一疋のことで、御番所が大騒ぎすることはない」

少し怒気を含んで言い切った。

「わかりました、しかし父上。あの犬目付などの手合いは、功名争いのために、どんな屁理屈をつけてくるかわかりません。市兵衛の一件でも、わざわざ事を荒立てております。特に深見の思い込みの激しさは少し異常ですぞ。甘く見れば脚元を掬われかねません」

「わかった。ことが左様に進んでいるのであれば、早急に対応を考えねばなるまい。実は今日冬木屋に会っていたのだ」

「深見がその名を上げておりました。他に山口屋や伊勢屋もありました」

「うむ、冬木屋は庄兵衛の事件が起きる前の、市兵衛の事件の頃から、既に作治に強請られておったのだ。喜田屋も含めて、連衆も妙な男に尾けられていたらしい。儂を座敷鷹へ呼んだのも、儂をお護りにしようと考えたらしい」

「ああ」

廣之進が、思い出して声をあげた。

「市兵衛の吟味で、深見と一緒にいた下っ引きが、父上を尾けていた男だと、梅助が言っておりました。父上のことを、深見が何故知ったのだろうと不審でしたがそれでわかりました」

「そうか、深見の下っ引きか」

座敷鷹の帰りに、庄兵衛と最後に別れたときの会話を思い出した。ドブにはまったという実感は正しかった。

冬木屋との会話を話した。

「銀座役人ですか。驚いたな。しかし、御徒目付組頭は冬木屋に口当たりのいい返事をしたようですが、どこまで深見を押さえられるのか。深見が既に吟味を始めている以上、難しいところですね」

「その通りだ。冬木屋の思惑どおりにはいかないだろう」

廣之進の考えに満足して、篤右衛門は微笑んだ。

「廣之進、深見と作治は喜田屋の件にも絶対に関係がある。庄兵衛が儂に託した手紙のこともある。鍵は作治と三吉だ。二人を大至急押さえて喋らせねばならん」

「冬木屋が作治に金を渡すときが好機ですね。捕らえる立派な理由がある」

廣之進は頬を紅潮させて身を乗り出した。

「そうだ。それをそなたと相談しようと思っていた。絶好の機会だ。なんとしても捕らえねばならぬ。喜田屋の件についても突破口が開けると儂は思っておるのだ。作治と深見の繋がりを暴けば、庄兵衛殺しの犯人も浮かび上がってくるだろう。さすれば座敷鷹の件と絡んだ糸がほどけてくる。おそらくこの二、三日の間に作治から冬木屋へ連絡がくると思う。用心深い男だから何か策略を持っているはずだ。こちらとすれば、奴の居所を張り込んで動きを摑んでおきたいのだ。まだ二人の居所はわからぬのか」

「留五郎たちが、口入屋の伝手で探しているのですが、まだわかっておりません」

「雑司ヶ谷はどうだ。犯人が茶船で庄兵衛を運んだのだから、作治の家もあのあたりにあるのではないか」

「はい、私もそう思い、留五郎に指示しているのですが……」

廣之進は首を振った。

「作治は中間あがりだと言っておったな」

顎を撫でながら考えている。

「どうだろう、同じ中間仲間だ、清蔵にやらせたらどうだ。彼らは中間なりの伝手があるから、そこから手繰(たぐ)れるかもしれんぞ。今まで何度も清蔵が拾ってくる情報に助けられたことがある」

「そうですね。それはいい考えですね。早速清蔵に指示します。御番所出仕は留五郎のところの誰かに供をさせます」

「そうしてくれ。御番所での用は、内役の中間に言いつけておけばよい。奴らは暇だからな」

清蔵は、篤右衛門が御鳥見だった頃から、廣之進の二代に渡って仕えている小者である。今は一般の御番所同心づきの小者と同じように、篤右衛門が御番所入りをした際に、清蔵も御番所から俸給を頂く中間となっている。

しかし、篤右衛門の鳥見時代、諸国廻りの際には同行し、篤右衛門を補佐して藩の様々な内情を探り出していた頃の嗅覚は衰えていない。

今はこまごまとした御番所や役宅での雑事をこなす好好爺となっているが、過去廣之進の捜査の中でも、様々な市井の噂を聞きだしてくる独特の勘には、瞠目することがある。

廣之進は清蔵に話すべく、あわただしく部屋を出て行った。

「儂も説教される歳になった」

篤右衛門が照れ笑いしながら、千種を見た。

「貴方が心配でたまらない様子でした。もう全て任せてもいいのではないですか。でも、貴方は大丈夫なのですか」

言外に不安をにじませた。篤右衛門が罪を負えば、当然廣之進の進退も問題になる。親子三人とも承知している事だった。

「わかっておる。ま、三吉と作治を捕らえればどうにかなる。そう心配することはない」

篤右衛門は自分にも言い聞かせるように、語尾を強めた。

「そうですか」

茶道具を片づけながら、千種はそっと吐息をついた。

（四）

大竹屋が自身番へ引っ張られた三日目の早朝、留五郎がカケスを連れて役宅へやってきた。

通りがかった町飛脚が、市兵衛の店先に猫を放り込んで走り去った男を見た、と聞きつけたので、カケスがその町飛脚に確かめたのだという。カケスは留五郎の下で働く合間に、町飛脚の使い走りもしている。

いくら松永町周辺に聞き込みをしても目撃者はなく諦めかけていたところだった。

「どこの飛脚だ、カケス」

出仕前の廣之進は嬉しさを顔に出して訊いた。

「品川の飛脚問屋でさ。臥煙の風体をした男だったというからには確かでさ。煙管屋の丁稚が、店先に猫が投げ込まれて、外を見ると町飛脚がいたというもんで、あちこちの町飛脚仲間に聞き回っていたんです」

「何故それを、留五郎に言わなかったんだ」

「いえね、丁稚はまだ十二の子供でね。あの朝表を掃いていた時見たらしいんでさ。飛脚と三吉が店先でぶっつかりそうになって、三吉がそれを怒鳴りつけたので気がついたらしい。しばらくして店に戻ると、旦那が死んだ猫を抱えておろおろしていた。三吉を見た時の様子は、あんまりはっきり見た訳ではないもんで、飯を食う時に下女に言ったけれど、下女が不確かなことは言わないほうがいいって言うんで黙っていた。先だって、あっしが煙管屋の台所へ顔を出すと、下女があっしにその時のことを教えてくれたんでさ」

　留五郎の話が終わったのをみて、カケスが喋り始めた。

「下女ってのが千住の百姓の娘で、小太りだが、気の好い女でしてね。娘も十七番茶の出花、あ、十八だっけな。ま、いいや、あっしが行くってぇと、あらカケさんおぶでもいかが、だって。おぶですよ若、おぶ。カケさんはねぇだろう。欠け茶碗みてぇ……」

「いい加減にしろ、この野郎、黙って聞いてりゃべらべらと」

　留五郎が怒鳴り、廣之進は吹き出した。身ぶり手ぶりで喋っていたカケスは、肩をすくめると、また喋り始めた。

「丁稚の言葉を頼りに、まず日本橋の飛脚問屋で訊いたが当たりはねぇ。あちこち訊きまわって、やっと品川へ行きついたってわけで」

「よし、よくやった。品川へ出張って仮口書をとっておけ」

　廣之進は満足げに指示した。カケスは得意げな顔で胸を張る。おしゃべりで剽軽者だが、辛抱強いところがある。執念の聞き込みが成功した。これで三吉を捕らえる理由ができた。三吉の居所を早く摑まねばならない。

　三吉は飯田町定火消（じょうびけし）屋敷の臥煙である。その屋敷は牛込御門を四、五丁入った場所だ。御門内なので周辺は全て武家屋敷。逮捕に踏み込むどころか張り込むことすらできないために、留五郎も苛立っている。

若年寄配下の定火消御役は、四、五千石の旗本が務める。御役料は三百人扶持で与力六人、同心三十人、中間の臥煙三百人を支配している。席次は菊の間で、芙蓉の間の町奉行より格上である。踏み込んで臥煙を逮捕することはできない。屋敷外での現行犯逮捕しかないのだ。その場合でも臥煙は中間身分であるために、事後奉行所を通して定火消与力に了解を得なければならない。

清蔵は一昨夜の廣之進の指示に従って、中間仲間をめぐり歩いている。昨夜も役宅へ戻ったのも夜四つ（二十二時）を過ぎていた。今朝も木戸が開く前に飛び出していった。

深見が大罪だとして、篤右衛門を陥れようとしており、深見と作治は仲間だと聞いて、配下の目明したちは皆、緊張感を漲らせている。しかし、篤右衛門が座敷鷹の席にいたことは、大竹屋が自身番に引っ張られたことで、岡っ引きたちは知ったが、〈遊女〉の一件は留五郎だけに話している秘密事項だ。

政吉は、三吉がよく遊びに出かけるという、下谷広小路あたりを虱潰しに聞き込みする予定だという。留五郎はカケスと品川へ向かった。

篤右衛門は、俳諧仲間の北町奉行所臨時廻筆頭同心山本喜左衛門の家へ出かけている。山本は篤右衛門が御番所同心になる際、庄兵衛と共に尽力してくれた同心である。

今も、情報通の喜左衛門に相談すると言っていた。まさに総動員だった。

廣之進は、金太を供に出仕した。

夕刻、四つ（二十二時）の鐘が鳴ったが清蔵は戻ってこなかった。留五郎のところで打ち合わせをしていて、遅く戻ってきた廣之進も気になるのか、そのまま篤右衛門の部屋にやってきた。

武者童子が描かれた羽子板が、床に飾られていた。篤右衛門は戻っている。

「今日、納め観音へ禾穂（かほ）と行ってまいりました」

気づいた廣之進に、千種は微笑んだ。

「ああ、もうそんな時期ですね、母上。しまった、おたまに言われていた」

「おたまさんも一緒ですよ」

廣之進は額に手を当て恐縮している。

禾穂は廣之進の姉で、内藤新宿の鉄砲方の家に嫁いでいる。納め観音は浅草寺の年末行事で、その時開催される羽子板市は大変人気がある。

「禾穂には、大ぶりの坂田金時を持ち帰らせました」

床の羽子板を見やって、千種は嬉しそうに笑った。禾穂の嫡子は四歳になる。

「たしか羽子板市は、昨日まではなかったですか、母上」

忙しさにかまけて、すっかり失念していた廣之進は、苦笑しながら訊いた。

「残り福ですよ。仲見世で正月の縁起ものも一緒に求めてまいりました」

「禾穂の二子は、まだのようか」

「どうでしょう、欲しいとは言っておりましたが」

篤右衛門は目を和ませた。

勝手口に声が聞こえ、おたまに伴われた清蔵が部屋に入ってきた。

「遅くなりました。ちょっと、神田で飲んでおりましたので」

すこし酒の匂いをさせながら頭を下げる。目尻に皺を寄せて顔をほころばせた。

「よい話のようじゃの」

清蔵の様子を見て篤右衛門は言った。

「はい、作治と三吉の居所がわかりました」

篤右衛門に促されて清蔵がさらりと言った。廣之進が思わず身を乗り出す。

「三吉は今、定火消屋敷を飛び出して、川越の三富（さんとめ）の実家にいるそうです。作治は水道町の南の小日向（こびなた）村」

「小日向だと？」

篤右衛門と廣之進は顔を見合わせた。

「やはり、予想通りじゃ」

篤右衛門が唸り声と共に言った。雑司ヶ谷方面という予想にぴったりだった。

「飯田町定火消屋敷に知り合いがいないもんで、十組火消の伝手を順番に廻っていたんですが、御茶ノ水定火消の知り合いが、飯田町の中間を紹介してくれたんです。いえ臥煙ではありません、火消御役与力の中間です。その中間が三吉の居場所を教えてくれました。どうも三吉は出奔したようです」

　意外だった。いくら探しても、痕跡すら摑めなかった訳だ。作治はいち早く篤右衛門の動きを察知して手を打ったのだ。

　武家屋敷街を護る定火消屋敷は、御城の周辺に十ヶ所あり、十組火消とも呼ばれている。

　千種が茶を勧める。清蔵はかじかんだ両手を温めるように掌でつつみ、旨そうに茶を飲んで続けた。

「その飯田町の中間によく聞いてみると、昔鷹匠部屋の中間でして、作治らしき男の話を聞いたことがある、と言って八代洲河岸（やよすかし）定火消屋敷の中間を紹介してくれました。二人の消息が一遍にわかるとは、瓢箪から駒でした。こちらは御役同心の中間です。今夜神田へ出てきてもらいましてね、ちょっと……」

　杯を上げる仕草をして見せた。廣之進は清蔵の人脈の広さに今更ながら感心して、好好爺然とした顔を眺めた。篤右衛門は満足気な顔をしている。

「その中間は、三年程前に作治と知り合ったそうです。口入屋ということで、臥煙を世話したいと言って近づいてきたそうで、訊いてみると作治は昔鷹匠の中間だったそうです」

　清蔵は篤右衛門を見た。

「昔の仲間か。こたびはなぜか鷹がからんでおるのか」

篤右衛門は首をかしげた。

「御存じのように、役場（火事）のないときは、臥煙は御手当がない。不安定なので出入りが激しいものですから、作治は重宝されていたようですが、あちこちの定火消屋敷で悪評があったので、取引を止めたと言っていました」

「やはりな」

市兵衛の件で、留五郎が言っていたことと同じだ。

「御苦労だった清蔵。実は、作治が強請っていた冬木屋の金の受け渡しが、近いうちにある。そのとき作治を捕らえるつもりだが、庄兵衛のときの二の舞いはしたくない。近々に作治から冬木屋へ連絡が入るはずなので、奴がどんな策略を使うか、事前に摑んでおきたいと父上と相談していたのだ。これで張り込みができる。よくやってくれた」

「川越は私も同行しましょうか」

清蔵は頭を下げると、気負いもなく言った。

「うむ、お前の話を聞いて考えたのだが、我らは明日にでも三吉を捕らえに川越まで出向くつもりだ。留五郎を連れてゆくつもりなのだが、小日向の捜査は浅草の儀助を当てようと思う。小日向は天領との境目だ。あのあたりに詳しい者がいい。疲れているだろうが、清蔵、今から留五郎の所へ行って、儀助に今の話を伝えるよう言うてくれ。儀助も手配に間がいるかも知れぬから、お前は明日朝、梅助と一緒に小日向へ行って儀助の手がそろうまで、探索してくれ。それから留五郎には川越行きの準備をして、明日朝ここへ来るように伝えろ。わかっているだろうが、張り込みに気づかれないよう細心の注意を払ってくれ」

廣之進がてきぱきと指示する様に、篤右衛門は目を細めた。

儀助は浅草の目明しで、手札は渡していないが、篤右衛門の時代から何度も下で働いている。留五郎が儀助の下で修業して独立したという縁もあった。神田川河口の平右衛門町で、吉原通いの屋形船で船宿を営んでいる。総動員だ。

清蔵は篤右衛門に軽く頭を下げると、滑るように部屋を出て行った。

「負けるなあ、奴には。儂より二歳も年上だぞ」

篤右衛門は満足そうに笑いながら言った。

「父上ようやく敵の塒（ねぐら）が見つかりそうですね」

厳しい顔で廣之進は答えた。

（五）

翌日、廣之進は昼食を終えて役宅を出た。留五郎、政吉、カケスが従う。粉雪が舞っていた。

深見は年内に父を大番屋へ出頭させると言っている。父は平然としているが、〈遊女〉が死んだことで気負っている深見を、廣之進は侮れないと思っている。

年が明けるまでに何とか打開策を講じねばならない。もし深見と作治が喜田屋の一件に関わっているとすれば、三吉を押さえることによって、一挙に突破口が開けるだろうと廣之進は考えていた。

午前中一杯御番所と川越藩上屋敷、それに飯田町定火消屋敷を往復して、三吉逮捕の手続きを終えての出発である。

板橋宿で中仙道を分かれて川越街道に入る。心なしか街道の人の流れは多く感じる。膝折(ひざおり)、野火止(のびどめ)宿を抜けて藤久保に入る。日の暮れは早く、街道筋にようやく旅籠を見つけて泊まった。

「清蔵さんは大した人ですな、若。あっしらに及びのつかねえ働きができる」

藤久保の旅籠で作らせた夕食の膳を囲んだ時、留五郎が感嘆の声で言った。

「大体、御番所の小者は、毎朝鋏箱(はさみばこ)担いで行き帰りのお供をするだけの連中が多いってのに、清蔵さんは別格だね」

酒の入ったカケスが、留五郎の言葉につられて喋り始めた。

「御番所の中間だってそうですぜ。日がな一日鼻くそほじくっているくせに、あっしらが、取次を頼んだりすると、忙しいだの、誰それを通せだの、面倒臭せぇことばっかしだ。あげくの果ては小遣いをせびりやがる。それに引きかえ若、清蔵さんは立派だねぇ。あっしが親方んちに世話になった時、自分でも稼がないと駄目だぞって、町飛脚へ口をきいてくれたのが清蔵さんだ。

あっしがちょいといたずらして、銭を借りた時だって清蔵さんが……」

かるたを切る仕草をした。

「莫迦野郎。お前が喋り出すときりがないんだよ」

留五郎が慌てて止めた。政吉が大笑いした。


翌朝上富(かみとめ)村へ向かい、カケスと政吉には野菜の買い付け人を装わせて、訊き込みに出した。廣之進は留五郎と上富の多福寺を訪れた。

寺は十年ほど前に建てられた新しい寺だ。この周辺には川越藩主柳澤吉保により開拓された新田が整然と並んでいる。

中央に走る道の両側に、武蔵野の雑木林を切り開き、短冊型にきちんと地割りされた広い敷地が整然と連なっている。背後に雑木林を背負った住居の前は広い畑となり、今は蕪や大根、葱などの冬野菜が、霜にもめげず青々と伸びていた。ここで栽培された名産の野菜は近くの新河岸川を下って墨田川の花川戸へ運ばれる。

管主に面会をもとめた。三吉を捕らえたら、上富の庄家に通告しておかねばならないので、その紹介の労をとってもらうためだ。

管主は玉室玄玲(ぎょくしつげんれい)と名乗る五十がらみの僧だった。開山から数えて三世だという。

〈三富(さんとめ)原野の入会権を巡って百姓の争いが絶えなかったので、元禄七年柳澤吉保公が検地し、百姓を入植させて争いを見事収めた。その上吉保公はこの地を江戸送り野菜の一大産地として育て上げた名君である。この寺は百姓の菩提寺として吉保公が創建された〉

玄玲はこのようなことを、得々として廣之進に説明する。

廣之進の見習同心時代、初めて手がけた事件の後ろに吉保がいて、勘定奉行荻原重秀を使った女中殺しの汚い事件を引き起したことがある。その時の印象と、この上富での吉保の評判とは、天地の落差があることに驚いていた。

薄っすらと雪がつもり始め、玄玲の話が尽きた頃、カケスが呼びにきた。玄玲に庄家への道順と口添えを書いてもらい、寺を出た。

「大井村の賭場から昨夜遅く戻ったそうで、まだ寝ているようです。政吉兄ぃが見張っています」

小声でカケスが報告する。武蔵野の葉を落とした雑木林に雪が降り敷き、枝につもった雪が風に散っている。家人は皆畑に出ている様子だという。

雑木林を抜けて、小川のほとりに点在する百姓家の一軒をカケスが指差した。納屋と牛小屋のほうが大きい藁葺きの家だ。囲炉の薄い煙が軒下から流れ出ている。

政吉とカケスに裏を固めさせて、表の木戸障子をあけた。

農具や蓑など雑多な道具を置いた広い土間の奥に、囲炉裏を切った板敷きの部屋があり、その薄暗い奥に、黒光りする箪笥と数個の長持が置かれている。

囲炉裏端に筵を敷いて、搔巻きを被って寝ている男が、戸を開ける音に気づいたのか起き上がった。家人はいない。

「三吉だな」

廣之進の言葉に、男は誰何もせずに、いきなり掻巻きを跳ねのけると、はだしで土間へ飛び降りた。

「待て、三吉！」

三吉は、十手を振りかざした留五郎を認めると、何もいわず素早く裏に向かって駆け出してゆく。いつもの法被姿ではなく、ぞろりとした袷をだらしなく着ている。

「出るぞ！　政吉！」

留五郎が叫んだ。裏の障子戸を蹴倒して飛び出した三吉に、政吉のかける怒号が聞えた。

「おーっ！」

人の組み合う音がして、政吉の呻き声が続いて聞こえた。

裏に飛び出した廣之進の目に、小川のほとりで雪を赤く染めて倒れている政吉が目に飛び込んできた。隠し持っていた匕首か何かで刺されたらしい。起き上がろうとしている。

カケスが痩せた軀をかがめて、へっぴり腰ながら、天秤棒を振り回して三吉の行く手を阻んでいる。

「野郎、神妙にしろ！」

飛び出した留五郎が十手をかざして駆け寄る。きょろきょろと退路を探した三吉は、身を翻すと薄氷の張った小川に飛び込んだ。幅一間ほどの小川を、袷の裾をぬらして駆け上がる。

廣之進がカケスの手から天秤棒をひったくると、三吉の背中に向けて槍のように投げた。天秤棒は撓み捻れてまわりながら、三吉の足に絡みついた。三吉はばったりと倒れたが、尚も立ち上がりよろけながら走る。

廣之進は小川を走り越えると後を追った。追いつくが早いか十手で三吉の頭をしたたか殴りつけた。三吉はよろめきながら振り返る。

「きやがれ！」

匕首を右手に構えて、大きく息をついてしゃがれ声で言った。髪は乱れて顔にかぶさり、帯の解けた袷はしとどにぬれて垂れ下がっている。

「この野郎、やりやがったな」

留五郎が駆け寄るが早いか、十手で三吉の手元を払う。わずかにかわしてよろめいた三吉の後ろから、カケスが走ってきた勢いのまま、肩でぶつかった。

「うっ」

うめき声と共に前のめりになった三吉の顔を、留五郎が思い切り自慢の長十手で横にはたいた。

「あーっ」

悲鳴と共に俯けに倒れこんだ背中にカケスが組み付く。留五郎が間髪を入れず、匕首を持った手を踏みつけた。

よろめきながら駆け寄ってきた政吉が、捕縄を取り出してカケスにわたす。カケスが両手をねじり上げて手早く縛りあげた。

「政吉、大丈夫か」

「ドスを持っているとは気がつかなかったんで、ドジをふみやした。なぁに大したことはありません」

廣之進に政吉が気丈に答える。

「みせろ」

留五郎が腹の傷を調べている。印籠を取り出して手早く血止めをして、自分の晒しの腹巻を解くと、適当な長さに引き裂いてしっかりと腹にまきつけた。

「でぇじょうぶですよ、親分」

「おめぇは黙ってろ」

留五郎が叱りつけた。

「だけど若。あの天秤棒は凄かったですな。若の棒術の捕り物は何度も見たが、あれは初めて見やした」

「あの曲がった天秤棒が槍に見えた」

カケスも感に堪(た)えた声で言う。

「ま、上手く当たってよかった」

廣之進は、小川を渡る時ぬれた裾を引き上げた。十五、六のころ篤右衛門に教わった棒術だった。とっさに天秤棒が代わりとなった。

「立てこの野郎。手間ぁとらせやがって」

カケスが三吉を引き起こした。ざっくりと切られた頰から血を流しながら、三吉が虚ろな目で立ち上がった。

（六）

清蔵が連絡に戻ってきた。作治の塒（ねぐら）がわかったと言う。

廣之進の首尾がまだわからないが、篤右衛門は、清蔵の案内で、神田川河畔を遡上した。昌平坂を過ぎるあたりから、周りは全て武家屋敷街となる。水戸屋敷を過ぎ、江戸川河口を北に入る。ここから小日向村まで半里ほどだ。

河口から牛込御門が見える。その手前は盗まれた茶船の艀宿がある神楽河岸。牛込御門を入ると、三吉のいた飯田町の定火消屋敷がある。

ようやく武家屋敷街を抜けて小日向村に入った。一挙に視界が開け、冬枯れした田畑が広がっている。

神田上水に水を取られた江戸川は、この時期水量が少ない。平らな川舟が、大根や蕪などの冬野菜を積み上げて、滑るように下ってゆく。江戸川は、早稲田、中里、小日向など、村々の農作物の重要な輸送路となっている。

作治の隠れ家は神田上水と江戸川に挟まれた畑地の一画にあった。周囲が小さな森に囲まれている。昔廃寺だったのを、作治が目をつけて、住みついたという清蔵の話だった。

足音を聞きつけて儀助が農具小屋から出てきた。森のはずれにあり、廃寺家から死角にある。粗末な小屋で雨が降れば蓑が欠かせないようだ。

「旦那、ご苦労様です」

雷門の儀助がでっぷりと太った腰をかがめて、

「変わりないか」

「へい、二、三人が出入りしてます、静かなもんでさ」

儀助が満足気に笑い、

「清蔵さんに訊きましたが、作治は鷹匠の中間だったそうですな。それ、今でも護国寺参道の東側の小日向台には御鷹部屋御用屋敷があります。一時旦那も巣払いなんかでそこへ詰めておられた」

清蔵が今までの経緯を、張り込みのなかで儀助に話したようだ。

「お前の言うとおりだ。ここまで来てみると、作治と三吉の関係がよくわかるな。作治が両国橋を庄兵衛と金の交換場所とした理由も、両国橋を通り過ぎて反転して下りの流れにのるとすぐ左岸の神田川の河口がある。我らがもたついている間に神田川に入れば追手をまける訳だ」

「そうです。この小日向水道町から市ヶ谷御門の三吉のいた定火消屋敷まで一里とちょっとってとこですかね。少し急げば半刻あまりで行くことができる」

儀助は悔しげに呟いた。

清蔵が腑に落ちたと言う顔をして訊く。

「野郎たちは昔から馴染みだったのですか」

「おそらくそうだろうな。昔から勝手知った場所だ」

「作治って野郎はとんでもない悪ですな。庄兵衛さんみたいな人を拷問で殺すなんて……」

儀助はいたましげに眉をひそめた。

「まさに」篤右衛門はうなずいた。「庄兵衛はここに監禁されて殺されたとわれらは睨んでおる。今、作治は冬木屋にたかろうとしている」

「それは、いつですか」

「ここ数日だ。妙な動きがあればすぐ伝令を走らせてくれ。一網打尽にしたい」

「わかりました、三人ほど補強しておきます」

「作治って野郎はずる賢い野郎だ。異変を感じたら姿をくらます。我らの監視を気づかれないよう十分注意してくれ」

「わかりました」

篤右衛門の気迫に儀助は大きくうなずいた。

（七）

夕刻遅く廣之進は江戸に戻り、三吉を留五郎の店に泊めた。明日八丁堀日比谷町の自身番へ入れる予定である。日比谷町の東は亀島川の日比谷河岸で、水運の便がよく対岸には竹屋が数軒あり倉庫も並んでいる。竹屋河岸とも呼ばれている。すぐ南は佃島が浮かぶ海だ。この自身番を選んだのは、比較的周辺の家並みがまばらで、自身番も大きく、三吉を留置するのに都合がよかったからだ。

廣之進は役宅に戻った。夜四つ（二十二時）を過ぎていた。まだ帯も解かず待っていたおたまは、廣之進の足をすすぎ、部屋へ戻った廣之進に蒸した手ぬぐいを差し出した。手あぶりの炭火が赤く、五徳の上の鉄瓶から湯気が立ち上っていた。

廣之進は顔をぬぐい、熱い手ぬぐいを項に当てて、目をつむった。一挙に寒さで固まっていた全身がほどけていく。

「今日は、こちらでは粉雪が舞っておりましたが、川越はいかがでしたか」

「向こうも同じよ。川も凍っておった。しかし首尾よく捕らえることができた」

「それは宜しゅうございました。なにか召しあがりますか」

「いや、留五郎の家で済ませてきた」

「そうですか、さすがお初さんですね。お義父様がお戻りをお待ちのようですよ」

おたまは微笑んだ。お初は船宿を切り盛りしている留五郎の妻女である。深川芸者だったお初を留五郎が落籍した。

廣之進はうなずくと、篤右衛門がせかせかと部屋に入ってきた。

「おう、戻ったか。御苦労」

座るなり訊いた。

「寒かったでしょう」

千種が手早く茶の仕度を始める。

「捕らえたか」

丹前姿の篤右衛門は、めずらしく性急に訊いた。

「はい、首尾よく。ただ政吉が怪我をしましたが」顚末を話した。

「そうか、大事なくてよかった。お前の留守中清蔵から連絡があり、作治の塒がわかったという連絡があった。儀助が監視しているということだったので、わしが出向いた。小日向の廃寺に入りこんでいる。儀助たちは寺を一望できる農具小屋から密に監視している。作治を捕らえる千載一遇の機会なので、お前が戻り次第すり合わせたうえで、冬木屋を動かしたい」

「それは有難いです、父上。三吉を捕らえたが、関連の下っ端どもを一網打尽にしたいと考えておった所です」

「よしわかった。一両日には冬木屋から連絡があるだろう」

篤右衛門は大きくうなずいて続けた。

「お前を待っておったのは、他でもない。実は今日深見が御番所へやってきたのよ。稲垣与力の下役同心から伝言があった」

「深見が？　一体何用ですか」

「三吉の引き渡しじゃ」

「三吉の？」廣之進は啞然とした。

「なんでそれを深見は知っているのですか」

「どうやら定火消屋敷か川越藩から漏れたらしいな。町方が捕らえるのは筋違いだから、捕らえた場合は即刻引き渡せと」

「そうですか、やはりそうきましたか」

二人は顔を見合わせて、にやりと笑った。

予想通りだった。一昨日定火消屋敷と川越藩江戸屋敷を何度も往復したのは、深見の行動を予測したからだ。定火消と犬目付は若年寄支配、町奉行所は老中支配である。三吉を捕らえた場合、深見からなんらかの横槍が入る恐れがあった。そのために事前の了解を得て廣之進は川越に向かったのだった。

「それにしても漏れるのが早いですね。深見の行動も素早い」

「うむ、一介の犬目付としては異様だ。深見はなにか特別の縁故があるようじゃな。定火消が筋違いを申したてるならまだ話はわかるが、三吉は公に深見の下で働いているわけではない。見当違いも甚だしい。稲垣与力も、無宿人を捕らえることは町奉行所の権限だと突っぱねたらしい」

「当たり前でしょう」

廣之進は笑った。深見の反撃を予想して、定火消屋敷が、出奔した三吉を無宿人扱いにしていることも確認済だった。

「放っときゃぁええ」

篤右衛門は満足そうに言った。

「それともう一件、作治の張り込みは、今日から儀助の手下と入れ替わっておるのだが、清蔵が申すには、御番所の門で深見を見たそうじゃ。それがの、深見は妻木にそっくりだという」

「妻木ですと?」

廣之進は怪訝な顔をした。

「そう、御米蔵の事件じゃ」

「あっ!」

廣之進は目を見開いた。確か十六歳の時聞いた名だ。昔小普請組だった父が、御米蔵の舟入堀で、屋形舟に乗せた少女を犯そうとした元鷹匠の男を、竹竿で刺し殺したことがある。御目付などの様々な取り調べが続き、一時家内が不安に駆られたことがあった。

「でも父上、鷹匠は、たしか妻木とか」

「そう妻木敬之助だ。しかし清蔵は、深見を見て、まるで十数年前の妻木が目の前に現れてきたようだ、と言うからには、確かじゃろう」

篤右衛門は千種に目を移した。千種が固い表情で両手を膝に上で組み合わせている。

「では、父上は深見が妻木の子で、父の仇として父上を狙ってきている、と申されるのですか」

「あの執念深さは、尋常ではない」

「でも名が違うではありませんか」

「何かの都合で名を改めたか、あるいは養子となったか」

「そうか養子ですか、早速明日調べます」

廣之進は心配気な顔で父親を見つめた。

「深見が妻木の息子だとなれば、奴が儂を狙っている訳がわかる。深見の筋書きが読めてきたな」

篤右衛門は瞑目した。あの時の情景が鮮やかによみがえってきた。

生類憐み令が実施された中で、御鷹狩の関係者が従事した仕事に〈鳥の巣払い〉という作業があった。害鳥を捕まえて伊豆の大島や新島などに放鳥し、巣に残された卵を孵化させて育て、放鳥するという作業だ。巣で卵や幼鳥を収容しようとした時、常吉という人足が誤って卵を割ってしまった。

これを知った元鷹匠の妻木敬之助が、常吉の十二歳の娘を一時、貸せば目を瞑る、と言ってきた。妻木の悪行を知っていた篤右衛門は、若い小普請組の岩村と共に娘を救う手立てを講じる。

これまで何度も鵺(ぬえ)のような妻木と対決してきた篤右衛門は、けりをつけようと決心したのだった。古い記憶がよみがえる――。


船頭がたくみな櫓さばきで御米蔵(おくら)の堀に舟を入れ、櫓を棹にかえて奥まですすむ。入り堀二つ向こうに屋形船のぼんやりとした船尾がちらと見えた。

この場所は夜になると、男女が密会する場所として知る人ぞ知る場所だ。

船縁が杭をこする音と船縁をたたく水音がやけに響く。篤右衛門の乗った舟が岸の杭に舫(もや)われた。

大川に向かって櫛の歯状に何本もある舟入の根元には、御蔵役所や役人の詰所などが並び、篤右衛門の位置から、繁った木々を透かして中ノ門の灯が見えた。

中ノ門周辺にかたまっている役所に灯はすでになく、人の気配はない。蔵の向こうの四番堀の屋形の灯は見えないが、人声が聞こえた。船頭の声らしい。答える妻木のダミ声が聞こえる。それにつれて、か細い少女の泣き声が切れ切れに聞こえてきた。

「船頭があがります」

妻木の舟のやり取りに耳を澄ませていた船頭が、小声で告げた。屋形の男女が首尾を遂げるまで、蔵前と通りの煮売り酒屋で時を過ごすつもりだろう。

「小鳥遊殿、急がねば」

同行した同じ小普請組の岩村が、気もそぞろな声を出した。万一取り逃がした場合に備えて応援を頼んだのだ。

「あの蔵の陰まで行こう」

篤右衛門は岩村を促して舟をおりた。

「旦那、提灯はどうなさいます？」

「うむ、あの蔵の際でいつでも灯を入れられるように用意しておいてくれ。儂が舟の主に声をかけたら、龕灯(がんどう)に火を入れてくれれば助かるが」

「合点」

船頭が勢い込んだ返事をした。少女を手籠めにしようとする侍に義憤を感じている。

何度も度重なる悪行を今夜はさし止めねばならない。

「そうだ、その棹(さお)を貸してくれぬか」

「棹ですか」

不審気に問う船頭から棹を受けとると、篤右衛門は足音をしのばせて蔵の陰へ寄った。御米蔵の途切れた場所から見ると、堀の尖端にはもう見極めは難しいが、鳥居があり、その向こうに名はわからぬ大樹が暗闇のなかへ枝を広げている。首尾の松は見えない。

四番堀を見通した。石垣が途切れて河岸がはじまるあたりに、ぼんやりとした明かりを川面にゆらせて、屋形が舫われていた。

「あーっ！　いやーっ！」

突如甲高い娘の悲鳴が上がり、くぐもって消えた。

「よし、行こう！」

篤右衛門は岩村を促して屋形舟に忍び寄った。

垂らしたすだれを通して、行灯の明かりがもれている。船内から呻き声と膳のとび散る音が聞こえ、尾形船が揺れる。妻木が娘を組み敷こうとしている背が、ぼんやりとすだれごしに見える。篤右衛門が河岸から棹ですだれを払いおとした。

「妻木！　やめろ！　恥を知れ！」

船内の音がはたと焉(や)み、怒鳴り声がきこえて妻木が軀をおこすのが見えた。意味不明の言葉で罵(ののし)りながら、船内の行灯をうしろにした妻木の黒い影が舳先(へさき)に現れた。

突如篤右衛門の後ろで龕灯(がんどう)が点(とも)った。船頭が及び腰ながら二本の龕灯を両手で掲げている。

「何奴だ！」

驚愕(きょうがく)の唸り声と共に、妻木はあとずさりしながら叫んだ。龕灯の明かりを背負った篤右衛門の顔を見定められない。
龕灯（がんどう）に照らされた妻木は袴を脱ぎ捨てており、帯は緩み裾が大きく割れただらしない姿だ。酔眼を据えた眼が、狂気をはらんで龕灯の明かりに皎（ひか）った。太刀は帯びていない。

「妻木、舟を降りろ！　小鳥遊篤右衛門だ」

前へすすみ出て言った。篤右衛門の姿が闇にうかび上がる。

「小鳥遊だと？　図（はか）ったな！　船頭！　船頭はいないのか！」

暗闇にわめいた。

「見苦しいぞ、妻木。幼い娘を相手に不埒な行い。容赦できぬ」

「容赦できぬだと？　何様のつもりだ、小鳥遊。お前に何ができるというのだ」

ようやく落ち着きをとりもどした妻木は、ふてぶてしく嘯（うそぶ）いた。

「妻木。舟を降りろ！　我らは常吉の娘を助けにまいった。己の破廉恥（はれんち）な罪状は明らかだ」

篤右衛門は棹をかまえて鋭い声を投げつけた。

唸り声をあげて妻木は、よろめきながらひっこむ。突然娘の悲鳴があがった。舟が激しく揺れる。篤右衛門は舟に飛びのった。

鞘（さや）を投げ捨て抜刀した妻木が、揺れる舟に平衡（へいこう）をとりながら艫（とも）から走り寄ってくる。

娘を斬ったのではないようだ。腹いせに蹴ったか、殴ったのかしたのだろう。

篤右衛門は舟から飛び降りた。それを追って河岸に上がった妻木の太刀が、龕灯の灯をうけてギラリと光った。

酔眼を据えた妻木は、いきなり無言で遮二無二斬りかかってくる。

「岩村！　娘を！」

太刀をかわして下がりながら、叫んだ。

岩村が素早く舟に乗りこむのを目の端でとらえた。棹をかまえなおす。

妻木は竹棹をかまえた篤右衛門を見て、分厚い唇をなめると薄く笑った。

「そのような得物で俺を捕らえるつもりか。せめてその腰の大刀を抜いて勝負したらどうだ。目障りな奴だと長年思っていた。ちょうどいい、今夜こそぶった斬ってやるわ」

余裕がでてきたのか、妻木は八双にかまえて嘯いた。篤右衛門を殺すしか逃げ場はないと見定めたようだ。

篤右衛門は無言で棹をしごくと、小手を狙って繰り出した。刀影が閃く。棹が一尺ほど斜めに切り落とされる。棹が素早く引かれた。分厚い唇を曲げて妻木は嘲笑った。汗が明かりに光っている。

「岩村、娘は大丈夫か」

「怪我をしているようですが、大丈夫です！」

興奮した声がかえってくる。安心と同時に煮えたぎるような憤怒が突き上げてきた。妻木が少し息の上がった真赤な顔で、篤右衛門を睨んでいる。と、中段の白刃が、篤右衛門の鼻を切り裂くように落ちかかってきた。わずかな間合いで軀をひらいた。同時に繰り出された棹の穂先が妻木の肩先を滑る。

飛びすさった妻木が再び低くかまえた。

篤右衛門はゆっくりと棹を半身にかまえなおした。無言の妻木は荒い息を吐き、正面の灯を避けてすり足で横に移動しながら、眼の前で揺れる棹の先を睨んでいる。時折太刀を振って斬り払おうとするが、篤右衛門は棹をしならせてかわす。その隙に踏み込もうとするのだが一瞬早くまた棹先が目前に揺れるので、妻木は懸命に焦りを抑えて太刀を小刻みに震わせている。

「無駄なあがきはよせ、妻木。諦めてお裁きを受けるのだ」

篤右衛門の言葉をはね返すように、無言で歯を剝いた妻木は大上段にかまえた。眼の先でめまぐるしくしごかれる棹をかわして、鋭い気合いと共に踏み込んできた。太刀風が篤右衛門の肩先にかかる。篤右衛門はぶつかるように軀を入れると、すれちがいざまに棹の末で妻木の臂(ひじ)を跳ね上げた。飛び交わした妻木は、打たれた臂をかばいながら太刀を中段にかまえなおした。

唸り声を絞り出しながら、妻木はじりじりと横に移動する。腰の横で再び棹を半身にかまえなおした。

篤右衛門が、棹を眼の高さまで両手でゆっくりともちあげた。一瞬両者の動きが止まった。

妻木の肩がこわばるのがわかった。刀を持った腕があがろうとした瞬間、篤右衛門は引きのないまま軽く棹を突き出した。棹は的確に妻木の右目に突き刺さった。

すさまじい絶叫をあげて太刀を放り捨てた妻木が、眼を押さえてよろめく。顔を上げた。狙いすました篤右衛門の棹先が、目を押さえた腕をかすめて、妻木の喉笛にぐさりと突き刺さった。よろめく。

間髪を入れず引きぬかれた喉から血を噴出させて、妻木は河岸に転がった。


千種が蒼白な顔で、篤右衛門を見つめている。当時の不安がよみがえったのだろうか。篤右衛門は思いを振り払うように首を振った。

「妻木は札付きの鷹匠だったそうではないですか。それを糺した父上を恨むなど、深見の逆恨みでしょう」

「そうだな。しかし深見は事情をあまりよく知らないのではないかな。鷹匠の威光をかさに着て、御拳場の村民に横着を働いていたことや、伯父の舟田又兵衛と組んでいたことなど」

「舟田というのは御徒目付の？」

「そうよ。彼もお咎めを受けた。儂と庄兵衛が一緒に山歩きをしていたとき、妻木が村の女房にいたずらしようとしていたのを止めたこともあった」

「妻木は庄兵衛も知っていたんですか」

「うむ、深見は妻木から儂の名と庄兵衛の名を聞いていたんじゃないかな」

「なるほど、それで庄兵衛を狙った」

廣之進は納得したようにうなずいた。

「それにしても十何年も前の話でしょう?」

「そうだな。父親の悪名の下で苦労したのじゃろうな」

瞑目した篤右衛門は呟いた。

おそらく養子として名を変えたのだろう、と廣之進は思った。自身番で会った深見の異常なほど憎しみに満ちた顔を思い出していた。

第四章　蜘蛛筐

（一）

正月まであと九日となった。

「深見の旦那に会うまでは何もいわねぇ。おめぇらは俺をこんな目に合わせてどうなるか覚えてやがれ。俺は定火消なんだぞ。おめぇらに捕（つか）まえることはできねぇんだ」

三吉は、川越から戻る途中に言い続けてきたことを、日比谷河岸の自身番でも飽きずに繰り返している。深見に言い含まれている台詞らしい。

「お前はもう定火消じゃないんだ、無宿人なんだ」

留五郎がうんざりした顔で言う。

「そんな訳はない。深見の旦那に聞いてみろ」

「深見は、昨日御番所へ、お前を引き渡すよう掛け合いに行った」

「そらみろ、俺の言う通りだろうが。深見の旦那は、おめぇらが相手にできる人じゃねぇんだ。

莫迦が知らねぇだけだ」

「その深見様だがな、御番所では門前払いなんだぞ」

「嘘だ、そんなことはねぇ」

三吉は猜疑心に目を皎らせて、廣之進に向かって喚いた。

「だったら、深見は何故今日まで、引き取りにやって来ないんだ」

三吉は黙り込んだ。

廣之進が留五郎に合図して、一尺幅の短冊石を十枚、自身番へ運び込ませた。自身番の月行司には他言無用と因果を含めてある。

「なんだ、なんだ。俺を責めようってのか。はばかりながら鳶口一本で世間を渡る三吉様だぃ。そんなもの何枚積まれたって驚くもんけぇ」

自身番の柱に取り付けられた金輪を、後ろ手に縛られた紐でガチャガチャいわせながら喚いている。

「これをこうして膝裏に挟んで座らせるんだよな」

留五郎が一寸くらいの太さの竹の棒を見せた。

「お前も、そこにいたんだよな!」

「どこへだい。俺はなにも知らねぇぞ」

三吉は虚勢を張って、ひきつった笑みを浮かべる。こいつは庄兵衛の拷問を知っている。廣之進は確信を持った。

カケスと政吉が三角の棒を並べた算盤板を運び込む。三吉が飛び出しそうな目で見つめている。

「三吉、こいつは算盤板だ。知っているよな。さぞ痛いだろうな。小日向の隠れ家には、この算盤板があいにくなかったんだろ？」

小日向と聞いて三吉は大きく目を瞠ると、震えだした。懸命に我慢している。

「だから喜田屋を板間にそのまま座らせた。それで効き目が薄いとみて座った膝裏にこいつを挟んだ」

留五郎が三吉を引きずり上げ、竹を膝裏に挟み、暴れるのも構わず無理やり座らせて、肩を押さえつけた。三吉は悲鳴を上げてもだえる。

「話せ三吉」

「なんのことだ。おれは何も知らねぇぞ」

横にある算盤板を見ながら、懸命に尻を浮かせて、竹に体重をかけないように堪えている。

「三吉！」

廣之進が大声で怒鳴りつけた。三吉はびくっと肩を震わせる。

「お前たちが死んだ庄兵衛を盗んだ茶船に乗せてきて、両国橋の下で百両と交換したことは、全部わかっているんだぞ！」

廣之進が鎌をかけた。三吉は蒼白な顔で黙り込んだ。凍りつくような寒さの中で脂汗を流しながら震えている。

「喜田屋に石を抱かせたんだろう」

廣之進は三吉の肩を摑んで顔を近づけた。

「知らねぇ、俺は何も知らねぇ」

蒼い顔で、呪文のように繰り返す。

捕まった訳は、煙管屋の市兵衛の件での取調べだと、多寡をくっていたようだ。庄兵衛殺しの事件を持ち出されて怯えている。思った以上の収穫がありそうだった。

「留五郎、俺は御番所へ急用がある。あとはお前に任せる。とことん締め上げるんだ」

「承知しやした。若、座らせてもいいでしょう?」

算盤板に目を投げた。

「三吉次第だな」

「わかりやした」

にたりと笑うと三吉に向き直った。怯えた顔で二人の会話を聞いていた三吉は、虚勢を張ってそっぽを向く。

「三吉こっちを見ろ。なんでお前がこの日比谷町の自身番へ引っ張られたか、わかってるだろうな。すぐ前は亀島川、鉄砲稲荷の先は江戸前の海だ。泣き喚いても誰も気にしやしねぇ」

留五郎が三吉の顎を摑む。

「それが何だってんだぃ」

三吉の震え声を背に、廣之進は急いで御番所へ向かった。


廣之進の目当ては、父の俳諧仲間である山本喜左衛門の嫡子山本新兵衛だ。新兵衛は今御番所内役の同心である。

おたまを嫁に迎えるとき、一旦信濃屋から喜左衛門の養女とした。そんな関係からすると、歳下だが新兵衛は義兄ということになる。

〈あれじゃ廻同心にはなれぬわ〉喜左衛門が嘆くように、新兵衛は几帳面だがのんびりとした性格で、赦帳撰要方（しゃちょうせんようかた）人別帳掛与力下役同心として役にはまっている。

判決を受けた囚人に対して、執行前に名簿と罪状書を作成したり、恩赦が出たときのために恩赦該当者名簿を作成して奉行に提出したりする内役事務方である。

暮れも押し詰まっているにも関わらず、新兵衛は嫌な顔もせず話を訊いてくれたが、自分の管轄でないのでと、両組姓名掛与力の下役同心を紹介する、と同行してくれた。

「深見のような若年寄支配下の役人名簿が、御番所に置いてあるかのかどうかわからないなぁ」

新兵衛がのんびりと呟きながら、両組姓名掛同心の詰所へ案内する。この掛かりは、南北御番所の与力同心の名簿の編纂と新任や退職等の人事の姓名帳の記入が仕事である。南北とも一人ずつの同心が受け持っている。奉行所以外の幕府人事名簿も備えてある。

思ったより若い男だった。年内の仕事はやり終えたらしく、帳面の綴じ紐をやり替えたりしている。長い指をしていた。部屋は紙と墨の独特な匂いに満ちている。

新兵衛の仕事もそうだが、一日中書机の前に座って、見た事のない人の名を書き入れ続ける仕事は、とても自分にはやれないと思うのだった。

「うむ。犬目付か、この役は武鑑には載っていないよな。勿論両組姓名簿にはないと……。犬目付となれば御小人目付だな。だけど養子となれば御小人目付の帳簿には前姓はないかもしれない。となると、小普請組の名簿だなぁ」

自分の考えをいちいち確認するように呟いている。深見が養子かどうか調べたいという廣之進の意図を、充分汲み取ってくれてはいるのだが、いかんせんまどろっこしい。のんびりと天井を眺めて呟いている。

夕七つ（十五時半）の太鼓が鳴った。退出の刻である。廣之進はじりじりしながら新兵衛の顔を眺めた。天井を睨んでいる同心のそばで、新兵衛はおっとりと新しく綴じ替えられた帳面を繰ったりしている。

「ちょいと、お待ち願えるかな」

同心は立ち上がると、着物の前をはたいて埃を落とす仕草をしながら、部屋の外へ消えた。

寒気が床から立ち上ってくる。退出する人々の足音が、廣之進を急きたてるように廊下に響いている。

小半刻して、ようやく同心が戻ってきた。一冊の帳面を抱えている。

「割合簡単に見つかりましたぞ」

帳面の栞を挟んだ箇所を見せた。これが案外簡単なのか。廣之進は苦笑しながら同心の差し出した帳面を眺めた。

番方入の月日は、宝永三年二月二十日となっており、武官職は御犬目付。御小人目付と同じ十五俵一人扶持、役料はなし、御譜代席である。姓名深見高之助、父深見小十郎、附記として妻木敬之助より養子縁組、と記入されている。

「御小人目付の帳面だけで用が足せましたな。小普請組支配の帳面だと人数が多いので苦労するところでした」

同心はほっとした声を出した。これでもやはり焦っていた様子だった。新兵衛の写しを貰い、同心に礼を言って急いで退出した。御番所の外はもうほとんど暗闇だった。

（二）

廣之進が日比谷町自身番へ出かけたあとしばらくして、篤右衛門に冬木屋の使いがやってきた。

「主人がお越し願えないかと言っております」

若い手代が丁重に挨拶をした。駕籠を用意しているという。作治から連絡があったのではないか。千種に見送られて急いで役宅を出た。

冬木屋へ着き座敷へ通されるとすぐ、弥平次がせかせかと部屋に入ってきた。

「小鳥遊様。突然お呼び立ていたしまして申し訳ございません。こちらから出向くのが筋ですが、八丁堀で目立ちますとかえって御迷惑かと思いまして」

下座に座って丁重に詫びた。

「いや、気になっていたので、丁度よかった」

いつものように妙齢の女が、しとやかに茶菓を運んでくる。

「押し詰まってまいりました」

「そう、あと九日、うまく年をこせますかのう。春は遠い」

篤右衛門は、返事に皮肉を込めた。

「大竹屋さんも大変なことになりました。伊勢屋さんも黒江町の自身番へ出頭するよう通知があったようです」

「そうですか、伊勢屋さんはいよいよ〈遊女〉ですな。深見殿も忙しいことです」

「そのようで」

伊勢屋が座敷鷹の〈遊女〉殺しを認めれば、深見は勢いづくだろう。冬木屋は篤右衛門の皮肉にも気づかぬようで、深刻な顔をしている。先日、御徒目付に頼んだことを告げたときの、楽観的な態度はない。

「〈遊女〉のことかな。用件は」

「はい実は、作治から連絡があったのです」

作治が蠅取り蜘蛛の器を買えと言ってから五日もたっている。ようやく作治が動いた。

弥平次がたたんだ奉書紙を、篤右衛門の前に置いた。折を開き中の半紙を取り出す。

〈先日御了承頂夕寛永寺子院普請人足口入仕度金二百両師走二十三日ニ御遣シ下サレタク御願申上候。立会人不要ト存上候〉カタカナも混じった妙な文面だ。

宛名も差出人の名もないのを見て、小賢しい、と篤右衛門は呟いた。

「人足の件ははっきり断ったのです。蠅虎の筐を買えとは言っていました。この前も申し上げたように、作治が持ってきた器はせいぜい二両くらいのものですよ」

「猿知恵ですな。これで強請りの疑いを消したと考えているんでしょう」

「しかし、わざわざ立会人不要と書いてある。作治も思ったより莫迦ですな。自分がやってきて口頭で伝えれば、こんな証拠を残さなくても済むのに」

弥平次は嘲り顔で言った。

「自分が金を要求したという証拠を残したくないんですよ。この書付に署名がないからいい逃れられると、考えているんだろうな。このやり方は、庄兵衛の時と似ている」

弥平次の言葉を聞き流して、誰にともなく呟いた。〈立会人不要ト存上候〉は庄兵衛のときの〈町方通知不要〉と念の押し方が似ている。しかも金の受け渡しは明日。こちらの準備期間を少なくする手口も同じだ。あの脅迫状と突き合わせて見なければならない。

「投げ文ですか」

「いえ、近所の童が持ってきたそうです。店の前で、男に必ず店の旦那に渡してくれと言うんだぞ、と念を押されたらしく……」

投げ文だったら、冬木屋のような大店の場合、弥平次の手に渡るまでに時がかかると計算して、明日にしたのだろう。お陰で準備の間がある。

「喜田屋さんと似ているとおっしゃいましたが。やはり作治と深見様は……?」

「どうでしょう。手口が似ていることは確かですな」

弥平次は篤右衛門の顔を見ながら、どこまで本心なのか窺うような目で、しばらく見つめたあと訊いた。

「では金を渡しますか?」

「ま、当面の火の粉は、二百両払ってください。御法度を破った科料ですな」

突き放した篤右衛門の答えに、弥平次の顔に不満げな表情が一瞬よぎった。

「ただ、受け渡しの方法は書いていない。作治かその使いが店に来るか、それとも、庄兵衛のようなやり方で、何処かに金を持ってこさせるか」

「何処へでしょう」

「ただ、喜田屋の場合は庄兵衛と身代金が交換条件だったので、私は犯人の指示に従わざるを得なかった。今回の作治の要求は交換条件がないので、冬木屋さんが突っぱねるかもしれない。また、使いの者を出せば断られる恐れも多分にある。とすれば、談判が必要となり、奴が自分でとりに来る公算が大きい。今回は作治の分は悪い。冬木屋さんが御徒目付に頼んだことで、少し焦っているのかもしれない」

「作治が？　なぜ私が御徒目付に頼んだことを知ったのでしょう」

「まだ推測だが、他の件でも思い当たることがある」

「ということは、御徒目付から深見様に漏れたとでも？」

「その可能性は多分にあるということだな。深見は〈遊女〉を振りかざして、私を標的にしているからね」

「小鳥遊様をですか」

弥平次は驚いて訊き返した。

「そう、仇と狙っているようだ。深見は以前私が小普請時代に討った、妻木という鷹匠の息子らしい。妻木家は断絶となり、息子は深見家に養子に入ったのではないかと考えている」

弥平次は、思い当たったようにうなずいた。

「ああ、あのときの……。それで小鳥遊様は小普請から奉行所入りされたそうですな。山本様や稲垣様の肝煎りで、と聞いております。なるほどお聞きして納得いたしました」

言葉に衣を着せずあっさりと言った。稲垣与力と山本喜左衛門が篤右衛門の後ろ盾だということは、さすがよく承知している。庄兵衛が話したのだろうな、と篤右衛門は思った。それで篤右衛門を魔よけにしようと思ったに違いない。

弥平次は、事件が意外な方向へ向かっていることに気づいて、懸命に頭を巡らせている様子だ。

「もし店に来れば、作治を捕らえますか」

しばらくして訊いた。態度はもう平静に戻っている。

「勿論だ。庄兵衛の仇だ。逃がすわけにはいかない」

弥平次は、篤右衛門が作治の居所をつかんで監視していることを知らない。知れば作治との対応に変化が出て、作治に気づかれるおそれがあると思っている。

「やはり、喜田屋さんの件も作治が犯人とお考えなのですね」

「そうだ。今回が好機だ」

「ははー」

弥平次は頬を緩めた。

「二百両がその餌ですか」

弥平次がいいところを突いてくる。

「儂を座敷鷹の席へ引きずり込んだ代償と思えば高くはない」

「いやいや。恐れ入りました。おっしゃる通り、今回は小鳥遊様に大変な御迷惑をかけてしまいました。あんな悪を捕まえるためなら、二百両は惜しくはない。ところで、今回の件は御徒目付へ私から話しておいた方がよろしいでしょうか」

　さばさばした口調で訊く。

「私が待ち構えていることが漏れるとまずい。御徒目付は町方に任せると言っているんだから、放っておいたほうがいい」

「わかりました。もし作治が店へやってくる場合、何かしておくことはありませんか」

「そうだな。奴の希望通りの部屋へ通して貰ってかまわない。普段と変わらないことが一番肝心だ。店の者には一切黙っておいてくれ」

「何か書付など取る事は必要ですか」

「いらない」

　きっぱりと言った。

「当日は小鳥遊様がこられますか」

「段取りは今日息子と相談する。何度も言うが、冬木屋さんは何もしないで、奴の言いなりにしていてくれ。奴は用心深いから、怪しいと思ったら、金を受け取らずあっさり帰ってしまう」

　弥平次は緊張した顔でうなずいた。

（三）

廣之進が御番所の新兵衛の元を辞して役宅に帰ると、篤右衛門は既に戻っていた。廣之進が、おたまに手伝わせて、袷に着替えていると、日比谷町河岸の自身番からの戻りだと言って、留五郎がやってきた。

「若、三吉が吐きましたぜ」にやりと笑った。

「石を抱かせるまでもなかった。小日向の隠れ家を見つけられたと聞いて、観念したようでさ」

「よくやった。これで作治も追い詰めることができる」

褒め言葉に留五郎は嬉しそうに笑った。

「ちょっと待て。父上も戻っておられる。一緒に聞いていただこう」

廣之進は留五郎を伴って、篤右衛門の部屋へ入った。

「三吉が吐いたか」

篤右衛門は身を乗り出した。留五郎が話し始めた。

「まず、庄兵衛さんはやはり、小日向の隠れ家へ連れ込まれたそうです。夕刻深見がやってきて、座敷鷹の〈遊女〉の件を話せ、と問い詰めたけれど、庄兵衛さんは頑強に拒んだ。そこで深見は近所にある墓所の石を運んでくるよう指示して、膝に載せたそうです。何度も気を失うので、井戸の水をぶっかけた」

篤右衛門が呻き声を上げた。廣之進も歯を食いしばっている。

「夜も更け、庄兵衛が何度も気を失うので、深見は、〈明日もう一度聞く、それでも吐かないのなら命がないと思え〉と言って一旦引き上げた」

「これで深見が首謀者だということが、はっきりしたな」

息を殺して話を聞いていた廣之進が呟いた。留五郎は、その言葉にうなずくと、話を続けた。

「深見が隠れ家を出て行ったあと、作治は三吉たち手下三人に言ったそうです。〈喜田屋は明日の吟味ではもちそうにない。このままだと死んじまうだろう。おれたちの面が割れている以上、こいつを吐かせたら深見は殺すつもりだ。そうなりゃ俺たちは何の儲けにもならない。人使いが荒いくせに銭にならん仕事ばっかりだ。銭緡（ぜにさし）で稼ぐような、はした金じゃやってられねぇ。深見は父親の敵討だと息巻いているが、俺たちには関係ねぇ話だ。こいつが死んだら身代金と交換しようぜ〉」

篤右衛門がまた呻いた。廣之進も拳を握りしめている。

「作治は脅迫文をつくって、庄兵衛に喜田屋宛の文を書かせた。翌日、深見が再びやってきて、拷問を続けたが、とうとう庄兵衛さんは息絶えた。〈どうせ殺すつもりだったんだ。こいつが死んでも、座敷鷹のネタで他の連中を締め上げたらいい。明日からは、小鳥遊篤右衛門や冬木屋たちの悪行を暴く。皆頼むぞ〉そういいつけると、深見は戻っていった」

「なんという奴らだ」

篤右衛門は呟いた。

「深見の言葉を聞いた作治は〈思った通りだ。いいか、俺らで身代金を取る〉、そういって身代金の交換方法を皆に伝え、舟を盗む段取りを指示した」

三吉自供の内容を聞き終えた篤右衛門は、厳しい表情で腕を組んだままだ。

「煙管屋市兵衛の一件はどうなんだ」

廣之進は訊いた。

「死んだ猫は作治から貰ったと言っています」

「そうか、やはりな。でも、なんで川越まで逃げたんだ」

「作治についていくのが怖くなった、と言っていました。その上市兵衛から搾り取った分け前が、たった二両だったので嫌気がさしたとも。それに、庄兵衛さんの身代金の件で、深見が言うことを聞かないと怒って、作治と言い争ったそうなんですが、そのとき深見は今後命令に従わなかったら、上に話して処置してもらう、と脅したそうです」

「上とは誰のことなんだ」

篤右衛門が口を挟んだ。

「三吉は知らないと言っていました。ただ深見の下っ引きと違って、自分は使い捨てらしいと気づいて、川越へ逃げたといっています」

篤右衛門と廣之進は顔を見合わせた。

「わかった。大体想像していた通りだ。ただ三吉の自白だけでは駄目だ。裏づけを取らねばならん。廣之進、今まで通り捜査は続けてくれ」

「承知しました。なんとか目途が立ちそうですね」

「そうだな。三吉の言う上というのが、気になる。庄兵衛の無念は晴らせそうだが……」

篤右衛門は屈託顔で言葉を濁した。依然として、座敷鷹の〈遊女〉の一件が、篤右衛門の上に大きくのしかかっている。

廣之進は、篤右衛門の気持ちを察しているが、今はどうしようもない。気を取り直して、新兵衛に調べてもらった深見の経歴を取り出した。

「深見はやはり妻木の息子でした」

「宝永三年か。御役についてまだ三年にもならんのだな。諸般のしきたりに詳しくないのも道理だ」

篤右衛門は書付を見て呟いた。留五郎が不審げに二人を見比べている。

「儂が小普請の時代に、無法を働いた妻木敬之助という鷹匠の現場を押さえて立ち会いとなり、討ち果たしたことがある。深見はその妻木の遺児だ」

「あ、鳥刺し竿……」

留五郎が大きくうなずいた。篤右衛門が小普請から御番所へ役替えとなったとき、御番所の中でも噂となったので、事情はあらかた知っている。しかし、当時留五郎はまだ篤右衛門の下でなかったために、詳しいことは知らないのだろう。

「事件後妻木家は断絶となり、高之助は深見家の養子になったのだよ」

廣之進が引き取って説明した。

「なるほど、それで旦那を仇と恨んでいるって訳ですか」留五郎は納得した。

「しかし若、座敷鷹が絡んで旦那はとんでもないことになってきましたね」

「そうだ、悔しいが座敷鷹の嫌疑に対抗する手段がない」

廣之進が悔しげに言った。

「蜘蛛一匹で儂の命を奪うほど、上も莫迦ではあるまい」

篤右衛門は軽い口調で言ったが、廣之進には気休めとしか聞こえない。

「旦那。蚊を殺した小姓が切腹したっていう事も聞いていますが、大丈夫なんですか」

留五郎が不安気な顔で訊いた。

「貞享(じょうきょう)の頃の話じゃな。あれはな、留五郎。多分に尾ひれがついておるのよ。伊藤淡路守という小姓が顔に止まった蚊を殺したというのは本当じゃが、御前での振舞いということで、あのような噂が流れた。実は閉門という御仕置きだったのよ」

篤右衛門の説明に、留五郎は少し安心した顔をした。しかし、父の仇だと篤右衛門を狙う深見の執念をみれば、篤右衛門の楽観論は余計不安をかきたてる。廣之進は硬い表情で篤右衛門を見つめた。

「わかりました。とにかく御用始めまで市兵衛の強請り(ゆすり)の証拠を集めて、逆に市兵衛に訴えさせます。別件の座敷鷹のほうは、なんとも難しく、父上に頑張っていただくしか手がありません。

ただ、庄兵衛の件で、三吉の自供をもとにして、深見に逆襲することができれば、局面は変わってきます」

「そうだな。暮れだというのに留五郎はご苦労だが、もうひとふんばりして裏を固めてくれ」

屈託気な表情で答えた。

「わかってまさぁ旦那。三吉は吐いたんだ。後は小日向の作治を捕まえるネタを集めるつもりです。あっしらはこの一件が片付いたら、正月がくると思っていますから」

「作治を捕らえるには相応の罪状が必要です。三吉の自供だけでは逮捕できません」

廣之進は厳しい顔で言った。

「そのことなんだが、廣之進の戻るのを待っておったのじゃが、実は明日作治が冬木屋へ来る」

「作治が冬木屋へ？」

「うむ、冬木屋も強請っておったのよ」

色めき立つ廣之進と留五郎に、蜘蛛の篋買い取り強要の顚末を話した。

「蜘蛛の篋ですか」

どんな物か見当もつかない廣之進と留五郎は、首を捻っている。

「先ほど清蔵に聞いたのじゃが、作治をどこかで見た覚えがあると言っていた。作治は妻木が鷹匠だった時代に小者だったらしい。思い返してみると御拳場で見たことがあると言っておった。鷹匠が廃止され、生類方の巣払いの係りとなったときに、解き放ちとなったのだろうな。明日作治が冬木屋へ行って、金を受け取るはずだと、儂はみておる」

留五郎が怪訝な顔している。

元禄の中頃、御拳場が全面閉鎖され、篤右衛門と同じく大量の鷹役人が役替えとなり、小十人組や御先手組、小普請組などへ移った。

その後新しく寄合番という鷹役人の受け皿ができて、その下に大きくわけて、御犬様を収容する中野の犬小屋の管理方と、犬以外の生類の管理を行う生類方が設けられた。

生類方は、悪さをするトビやカラスなどの巣払いが主な仕事である。以前は害鳥を捕らえて処分していたのだが、新しい御触れがでて、傷つけぬように捕らえて伊豆などに放鳥することになった。

町人や武家は、それまで各自で巣払いを行っていたのだが、その際鳥や卵を傷つけたりすることが多い。そこで幕府は、生類方を巣払いの受付窓口として、生類方へ役替えした元鷹役人たちを使って巣払いをすることとなった。そのために大量の中間小者が御役解き放ちとなったという経緯がある。作治もその一人だろう。

篤右衛門が巣払いをしていた頃のことを、留五郎は知らない。

「妻木の小者ですか。それに妻木の息子が深見。冬木屋の一件にも深見が関わっているのですね」

留五郎が呆れ顔で訊いた。

「先ほどの三吉の自供によると、深見一味は仲間割れしている。蜘蛛の筐の件はどうやら、作治が自分で描いた絵で、おそらく深見は知らないのではないかと儂は思う。深見が作治や下っ引きを動かすには金がいる。十五俵一人扶持では己が食うだけで精一杯だ。そこを作治に付け込まれて、強請りは黙認という形で働かせているのではないかと儂はみておる」

廣之進はうなずいた。深見に会ったときの印象も、金銭目的だけとは思えなかった。

「捕らえましょう父上。これを逃す手はありませんぞ」

「うむ、今日冬木屋にもそう言っておいた。冬木屋は儂を引きずり込んだ罪滅ぼしに協力すると言いおったわ。深見が座敷鷹の連中を、引っ張りはじめたので、作治も潮時と見ているのかもしれぬ。二百両取り込めば、江戸を逐電することも考えられる」

「わかりました。金を受け取って冬木屋を出たところで、押さえましょう。ちょっと強引ですが、暮れの間に自身番で吟味して、その後大番屋へでも繋いでおいたらいい。正月明けの与力吟味までには時間は充分あります。三吉の自白を裏付ける証拠が出れば、作治はもう逃れられないでしょう」

廣之進が勢い込んで言った。

「儂が俎上にあがるまでには、間に合いそうじゃの。そうじゃ、お主のいない時、小日向で張り込んでいる儀助から、連絡があっての。例の下っ引きの米八が、昨日隠れ家へやってきたそうじゃ。金の要求を書いた文は米八が持ってきて子供に託したと儂はみておる」

（四）

翌日早朝、篤右衛門は作治の顔を知っている政吉を伴って、冬木屋に到着した。政吉が川越で負った傷はそれほどひどくはなかったようだ。

その少し前、朝六つ（七時）の木戸が開いた。さすが暮れらしく早出の職人や店者（たなもの）、棒手振りたちが一斉に往来に溢れ始めていた。寒天に雪雲はないが、道は凍てつき仙台堀には朝靄が立ち込めている。

昨夜冬木屋からの連絡では、作治から金受け渡しのための指示はないとのことだった。店で受け取るつもりらしい。そのため、作治の下見がある事を想定して、木戸が開く前に八丁堀を出発したのだった。

廣之進と留五郎の手下たちは、通行人に紛れて所定の場所へすでに潜んでいるはずだ。

清蔵はもう小日向へ向かっている。作治が隠れ家を出ると、儀助の手下を急いで冬木屋へ走らせる予定だ。清蔵たちは、作治が寄り道をすることに備えて、遠目の尾行をさせる。

作治の住む小日向から冬木町まで、約三里。作治の足なら一刻少しで到着するだろう。

作治自身が金の受け取りに来る、という想定での配置である。もし他の使いをよこせば、金を渡さず、尾行して再度作治が動くのを待つことにしている。

大がかりな捕物だが、篤右衛門と廣之進の打ち合わせでは、不確定要素が多いので、御番所出役の応援は頼まず、廣之進の手だけで逮捕するという計画だ。

表の道を掃いている丁稚が、篤右衛門を見つけて、慌てて店に走り込んだ。店脇の小部屋で待っていると、弥平次が急ぎ足で入ってきた。いつもの紬でなく太物の袷を着て、髷もまだ整えていないようで、鬢がほつれている。

「これは小鳥遊様、何かありましたのでしょうか」

「作治から連絡はないようなので、おそらく作治自身がやってくると考えていいだろう。私が店に入るのを見られたくないもので、早々にやってきたのだよ。お主たちは、構わず普段通りにしておいてくれ。私はもう少したてば、帳場の隅で様子を見る。作治がやって来たら、黙って奥の部屋へ通してくれ。用心深い男だから、襖の向こうを気にするようであれば、自由に検分させるのだ。金を渡したら、連れだって店先まで出て見送る。これだけやってくれれば、後は我々に任せてくれ」

弥平次は緊張した顔で、いちいちうなずいている。

「作治の使いが来たらどうしましょう」

「本人でなければ駄目だと、追い返してくれ。その場合は様子見だろうから、おそらく作治は改めて受け取りにくるはずだ。店の法被を二枚頼む」

「わかりました。朝餉を持たせますので、召しあがってください」

弥平次は無駄な喋りをせず、一礼して部屋を出た。

廣之進は、本所深川の仙台堀にかかる海辺橋たもとの正覚寺境内へ入った。寛永六年開基の古刹である。すでに留五郎はカケスと金太と共に境内で待機していた。

廣之進は朝の勤行が終わるのを待って、住職に事情を説明する。

陽は昇り、透き通った寒気が、廣之進の肌を刺す。

「奴が永代橋を渡れば、黒江町から路地を抜けてくる。新大橋からならおそらく小名木川から霊巌寺横を通って高之橋を渡るでしょう。どちらにしても正覚寺の横を通る」

留五郎が予想している。

「神田川を下って両国橋という事もあるぞ」

「ちょっと遠回りでしょう。それでもこの寺の前を通ります」

往来の人は増え、冬木屋の店先も出入りが激しくなった。

「見えにくいな」

人混みの向こうを見すかして、留五郎が呟く。本所横川の鐘が朝四つ（十時）を告げ、時が過ぎてゆく。

「畜生どうなってるんだ。いやにゆっくりだな」

「焦るな。朝に小日向を出るってことは決まっていないんだ。午後かもしれん」

廣之進が留五郎を制した。

儀助の手下達吉が、正覚寺の境内に飛び込んできた。

「作治がもうすぐやってきます」

「どの橋だ」

「新大橋」

「一人か」

「いえ、後尾けが一人。下っ引きの米八です。昨日から小日向に泊まり込んでいます。先導はなし」

達吉は廣之進の問いに、きびきびと答える。額に汗が滴っている。

「梅助は？」

「米八の後に、儀助親分の手下一人と」

「あれだな、達吉」

山門の陰から海辺橋を覗いていた留五郎が呟いた。

「はい、作治です」

達吉が答える。

海辺橋の上で立ち止まった作治は、仙台堀を吹き過ぎる川風に羽織をはためかせて、景色を眺めるふりであたりを眺めている。

しばらくすると、米八が現れ、何も言わず作治の前を通り過ぎ、廣之進たちの隠れる正覚寺角を曲がって、寒風の川沿いを歩く。冬木屋の店先まで行くと中を窺い、客とまぎれて店に入った。しばらくして出てくると、川岸まで出て来て、堤防に腰をおろした。

海辺橋にいた作治が歩き始めた。冬木屋の前で立ち止まり、堤防の米八を一瞥すると、ゆっくりと店の中へ消えた。

米八は、正覚寺と冬木屋の間にある蛤町の小橋へ移動して、そのまま佇んで周囲を見回している。

「まずいな」

廣之進は呟いた。作治が店へ入ったあと、皆店の周りへ集結して出てくる作治を押さえる予定だったが、近寄ることができない。

廣之進も留五郎たちも、自身番や辻番で米八に顔を見られている。

「達吉、米八に顔を知られていないのはお前だけだ。川向かいの道を急いで亀久橋を大廻りして、冬木屋の傍の蛤町の小橋へ近づくんだ。お前が冬木屋前を通り過ぎたら、俺たちは人混みにまぎれて米八に近づく。奴が気づいたら、亀久橋の方へ逃げ出すだろうから、なんとしてでも止めろ。間に合えば、梅助と一緒の儀助の手下をここから冬木屋まで行かせるから、一緒になって米八を押さえるんだ。間にあわなければお前一人でやるんだぞ。冬木屋の店先で騒がれたら、作治に気づかれる」

廣之進の言葉が終わるや否や、達吉は尻からげをおろして、寺を飛び出した。海辺橋を渡る。

見守る廣之進の前で達吉は、対岸沿いの東西平野町の道を、向かいにいる米八に気づかれない早さで、亀久橋へ向かっている。

梅助と手下が寺へ到着した。廣之進がすぐ二人に説明して、達吉と同じ道を行かせる。亀久橋を迂回した梅助たちが人混みに見え隠れしながら米八に近づくのを、廣之進と留五郎は息を殺して見守る。

廣之進が金太にうなずいた。金太が大川端へ向かって駆け出してゆく。駕籠を呼ぶのだ。

店は、あっという間に人で溢れていた。小部屋から出た篤右衛門と政吉は、帳場の隅では見失う恐れがあるので、帳場格子の陰まで進んだ。

商談する手代たちが、帳面を持って客と大声で話し合っているかと思えば、丁稚が木札を持って木場まで駆け出してゆく。引きも切らず人々が出入りし、時には大店の店主風の男たちが、手代に案内されて奥へ消えてゆく。

「野郎、この人混みを知ってやがったんだな。これに便乗して金を取るつもりだ。悪賢い野郎だ」

篤右衛門が政吉に言った。政吉は普段のおっとりとした顔と違う緊張した表情でうなずいた。目だけは暖簾を分けて入ってくる客人を睨んでいる。

見覚えのある米八が店に入ってきて、客にまぎれて店内を物色するとすぐ出ていった。

時が過ぎる。

「作治が来るぞ」

帳場格子の裏で篤右衛門が政吉に囁いた。

「旦那」

政吉が小声で篤右衛門の袖を引いた。大番頭風の作治が店先で手代と話し、手代が奥へ急ぐ。この混雑では小部屋へ案内する余裕はないのだろう、立って待たせたままだ。

作治は悠然と喧騒を極める店内を見回している。二人は急いで顔をふせた。

やがて先の手代が戻って来て、作治を案内して奥へ消えた。二人は大きく息を吸った。

冬木屋の前を通り越した梅助が達吉と合流した。

「行くぞ」

廣之進の声で皆バラバラに散らばって寺を出た。人混みの向こうに入り、蛤町の小橋の前で佇む米八が見える。留五郎に気づいた米八が間髪入れず、冬木屋へ向かって駆け出した。突き飛ばされた通行人の向こうに達吉が仁王立ちに身構えている。身をかわしてすり抜けようとした。儀助の手下が足に飛び付く。怒声があがり人混みが割れた。転倒して起き上がろうとした米八にカケスが飛びかかった。道に転がった二人に、梅助と達吉が覆いかぶさる。留五郎が駆け寄ると手早く縄をかける。

「御用の筋だ。散れ」

十手を掲げた廣之進に人々がどよめいたが、引き立てられた米八を眺めて口ぐちに喋り合いながら、散ってゆく。

「放せこの野郎」

喚く米八を、金太が正覚寺境内へ引き立ててゆく。

「よしこのまま、冬木屋の店先に別れて待て」

廣之進の指示で、店先の堤防や周辺の軒下に別れて待った。喧騒を縫って、拍子木の音が聞こえた。店内に変わった様子はなく相変わらず出入りが続いている。店先で用を待っていた飛脚が飛脚箱を担いで入って行った。

作治が奥へ案内されてしばらくすると、店で拍子木が鳴った。政吉が怪訝な顔をする。

「四つ半だよ」

篤右衛門が教えた。以前冬木屋を訪れたとき鳴っていたのを覚えていた。

町飛脚が入って来て手代に話しかけている。手代が奥に引っ込み再び出てくると、飛脚を案内して奥へ消えた。

「なんだ、あいつ」政吉が呟いた。

「普通、飛脚は書状や文を預かる時には店先で待つものなんですがね」

政吉の言葉に篤右衛門は立ち上がった。案内した手代が戻ってくる。篤右衛門は事情を聞いて引き返してきた。

「飛脚は奥の部屋へ案内されたらしい。作治はあの飛脚に金を預けるつもりだ。政吉、表に廣之進たちがいる。飛脚が出てきたら、すぐ押さえて寺へ連れて行かせろ」

政吉が飛び出して直ぐ、飛脚が出てきて、店の外へ出た。

弥平次に伴われて、作治が出てきた。笑みを浮かべた作治と対照的に、弥平次は強張った顔をしている。

作治は弥平次に向かって鷹揚にうなずくと、肩をそびやかして、ゆっくりと店を出た。

店先で突然怒声が響く。

「何だ、何だ。俺が何をしたってんだ」

暴れる作治を梅助が押さえ、留五郎が素早く縄をかけ、両足も手早く縛った。寺の境内に待機していた駕籠が横付けすると、作治を駕籠に押し込んだ。それでも暴れる作治に廣之進が近づいて、無言で当身を入れた。

通行人が立ち止まり始めた。

「旦那」

留五郎の言葉に、篤右衛門が待機していたもう一台の駕籠に乗りこむ。二つの駕籠が上がった。あっけにとられた弥平次をしり目に、腰縄を打たれた米八を連れて、留五郎や梅助たちに両脇を固められ、駕籠は走り去った。大番屋「三四の番屋」へ連れてゆくのだ。大番屋は、江戸には七ヶ所ある。八丁堀西岸に流れる楓(かえで)川西岸の材木町の大番屋は、三丁目と四丁目に跨がっているため通称「三四の番屋」と呼ばれている。

廣之進と政吉が残ってそれを見送る。後は留五郎と篤右衛門に任せればいい。

「金は先ほど飛脚が持って出ました」

残った廣之進に、弥平次が無念そうに言った。

「飛脚は押さえてある。騒がせた。奉公人や周りの者にはうまく誤魔化しておいてくれ」

立ち去りかねて、店を覗きこむ野次馬に目をやった。

「飛脚も押さえたのですか、なんとも御見事」

弥平次は驚嘆している。

「作治はどこへ？」

「大番屋だ。あ、二百両はすぐ持ってこさせる」

達吉に目配せした。

「廣之進様はやはり大番屋へ？」

「いや、これから、作治の隠れ家の家探しだ」

「それは、御苦労様です。しばしご休息をと思いましたが……。あ、しばらくお待ちください」

弥平次が感に堪えた声で頭をさげたが、思い出したように店に入っていった。

戻ってくると、店に入って待つ廣之進に、緑の袱紗に包まれた物を手渡した。

「これは？」

袱紗を広げて訊いた。

「蝿虎の筐ですよ。これが二百両。篤右衛門様にお渡しください。証拠品です」

「ああ、座敷鷹の」

廣之進はしげしげと眺めた。

四寸ほどの長さで、太い竹を半分に割って底をつけた形だ。弧の部分に窓があり、引き蓋で開閉できるようになっている。餌の差し入れ口だと弥平次は教えた。蜘蛛の出し入れは、容器の片方にある蓋を取って行うらしい。朱漆塗だった。

「我々の使う筐は、薄い唐木を曲げて螺鈿や蒔絵を施したりするのですが、こんな安物を買えなどと、人を見くびるにもほどがある」

弥平次は憤懣やるかたない顔で言った。廣之進はその弥平次の場にそぐわない怒りの奇妙さに、なんとも答えようがない腹立たしさを覚えた。

達吉と金太が飛脚を連れて戻ってきた。飛脚は神田の町飛脚で、冬木屋で金を受け取って、夕刻小日向へ届けるよう指示されたと言った。悪事に関係はなく利用されたようだ。

廣之進は心付けを渡して帰した。

二百両を前に弥平次は驚いている。

「これは、一旦お出ししたもの。戻ってくる金ではございません。小鳥遊様にお渡しいたします」

「それは、御免こうむる」

先ほどの腹立たしさを引きずっていた廣之進は、ぴしゃりと言うと、袱紗に包まれた切り餅を四つ、帳場の上がり框におくと、驚いて絶句している弥平次を残して店を出た。

（五）

廣之進は政吉と儀助の手下の案内で、小日向へ向かった。

作治の隠れ家は篤右衛門に教わったように神田上水と江戸川に挟まれた畑地の一画にあった。周囲が小さな森に囲まれている。

足音を聞きつけて儀助と清蔵が家から出てきた。

「若、ご苦労様です。冬木屋の首尾は？」

清蔵から今日の冬木屋の一件を聞いていたのだろう。挨拶もそこそこに、でっぷりと太った腰をかがめて聞いた。儀助も篤右衛門の頃からの長い付き合いなので、廣之進にはやはり「若」だ。

「計画どおりだ。作治と米八を捕まえて三四の番屋へ入れてある。今頃は父上と留五郎がじっくり攻めているだろう」

「そうですか。さすがですな」

「家探しはしたか」

「いえ若が来られてからと思いまして、手をつけておりません。それに地元の人間に見つかると、怪しまれますからね。ちょっと間があったので、この周りを訊いて回ってみました。作治の評判はあまり良くないですな。この廃寺へ無断で潜り込んだ経緯もそうだが、いかがわしい連中がよく出入りして、どうやら御開帳していたようです」

「ほう」

「清蔵さんに訊きましたが、作治は鷹匠の中間だったそうですな。この前篤右衛門の旦那が来られたとき、お話ししましたが。このあたり一帯は、昔は鷹匠の村みたいなものでした。今でも護国寺参道の東側小日向台には御鷹部屋御用屋敷があります。一時旦那も巣払いなんかでそこへ詰めておられた」

清蔵が今までの経緯を、張り込みのなかで儀助に話したようだ。

「作治の手下たちは昔から馴染同士だったのですか」

政吉が聞く。

「おそらくそうだろうな。昔から勝手知った場所だ」

「庄兵衛さんの拐かしには、もってこいの場所でもありますな。しかし作治って野郎はとんでもない悪ですな。庄兵衛さんみたいな人を拷問で殺すなんて……」

儀助はいたましげに眉をひそめた。

「まさに」

廣之進はうなずき、儀助の話を聞きながら、本堂のほうへ歩いた。手前に間口三間ほどの小さなお堂が、軒を傾けて建っている。それに連なって居宅である藁葺に繋がって、まったく伸び放題の欅や荒樫などの雑木がその上に覆いかぶさるように枝を張っている。

「拐かしを連れ込むにはうってつけの場所じゃないか」

「まったくで」

儀助がきびしい顔で答える。

本堂のきしる扉をあけて中に入った。傾きかけた陽がさしこみ、光のなかで埃が舞った。中には仏像はもちろん仏具はまったくなく、須弥壇（しゅみだん）だったところは、土台から根こそぎなく、粗い床板がむき出しになって、ところどころ根太から外れている。

しかし須弥壇の前の板間は、ひび割れたり反り返ってはいるが、すべすべとしていて埃の跡などから最近数人の人がいた跡が歴然としていた。賭場はここで御開帳していたようだ。

部屋の隅に数本の灯台を見つけた政吉が、灯を入れた。儀助の手下も手燭に灯を入れて部屋の隅から調べはじめた。

「若」

儀助が呼んで壁際を指差す。幅一尺長さ三尺ほどの分厚い木板が無造作に置いてあった。清蔵から石抱きの件を聞いていたのだろう、検視与力が言っていたという石を乗せた板ではないかと言っている。

堂の外に出た政吉が廣之進を呼んだ。

傾いた卵塔や宝篋印塔などが数基、枯れ草の中に傾（かし）いで立っていた。ここは墓地の跡らしい。

枯れ草が踏み荒らされ、五輪塔が崩れ落ちており、台座が乱暴に掘り返されている。

「これですね、若」

跪いて台座跡を調べていた儀助が、廣之進を見上げて言った。

お堂で石抱きが行われたとみて間違いなさそうだった。

再び五人掛かりで堂内を隈なく調べた。儀助が捲れた床板の隙間から中を照らした。

「あれは」廣之進が呟いた。

儀助が光を当てたところに印籠のような物が落ちている。政吉が床板を引っぺがして床下に降りて拾い上げ、廣之進に渡した。

「ああ」廣之進は呻いた。飾りのない紫檀の印籠。素朴だが重厚な味がある、庄兵衛らしいと、篤右衛門が褒めていたのが思い出された。根付は庄兵衛が最後に送ってきた翡翠の蛙だった。

第五章　御目付

（一）

大番屋は多数の容疑者が留置できるよう設備が整えられており、数人の泊り込みの番人も常駐している。留置部屋は牢ではないが、柱には頑丈な金輪が数ヶ所設置されていて、容疑者を繋ぐようになっており、このような部屋が数部屋ある。

昨日冬木屋から連行された作治と米八は、別々の部屋へ留置されている。留五郎が篤右衛門の指示で作治の強請りを追及したが、〈何のことだ。金なんか受け取っていない〉と言い張っていると言う。

「口から出まかせを言わせておくがいい、そのうち自分の矛盾した言葉にどうしようもなくなる」と篤右衛門は廣之進に言った。

冬木屋へ子供に届けさせた差出人と宛先のない文や、冬木屋から受け取った二百両を飛脚屋に託したという小細工で、言い逃れができると思っているらしい、と篤右衛門は笑った。

作治が冬木屋へ渡した口入料二百両の文面と、庄兵衛の身代金要求の筆跡は一致しており、作治尋問の切り札として温存している。

逮捕した翌日廣之進は大番屋へ入った。

「おい小鳥遊、こんなことをしてただではすまんぞ。泣きを見る前に釈放しろ」

作治は廣之進の顔を見るなり怒鳴った。平素の慇懃無礼な態度をかなぐり捨てている。

「この野郎、なんて口のきき方だ。何様だと思ってるんでぃ」

留五郎が怒気もあらわに胸倉を摑んだ。

「へっ、お前こそ偉そうな口をきくな。この犬野郎」

「元気のいいことだな作治、お犬様をそんな風に言っていいのか。犬目付が怖いぞ」

廣之進は厳しい顔で揶揄した。

「深見の旦那は、おめぇらが考えているような人じゃねぇんだ。ほざいてろ」

作治は喚いた。

「先日三吉を吟味していたときも、同じ事を言っていたな。それほど深見は大物なのか」

「莫迦野郎、問題は大猷院様（家光）愛鷹の名を蜘蛛なんかに名付けて、そのうえ踏み殺してしまったってことだ。深見の旦那はそれを正そうとしてるんだよ。そんな人が今世間にいるか。皆お前らみたいな莫迦ばっかしじゃねぇんだよ」

「その蜘蛛の話は誰に聞いたんだ。深見の下っ引きか。それとも庄兵衛に石を抱かせて聞いたのか」

作治は庄兵衛の名を聞いて顔色が変わった。冬木屋への強請りで捕まったと思っていたらしい。

手あぶりのない寒い部屋で寒さのためかどうか、作治は肩を大きく震わせた。

「へっ、鎌をかけても駄目だぜ。お前ら親子が御仕置きされるのが楽しみだ」

言い捨てると、虚勢を張って肩を怒らせた。

「ならば、犬目付は皆正しい者ばかりだということか」

「阿呆、深見の旦那はそんななかでも、特別だと言ってるんだよ」

「だから、どう特別なんだ」

「深見様は、犬目付でも特別なんだよ。座敷鷹なんていうご法度破りを一掃しろと、上から特別に指示されている方なんだよ」

「上とは誰なんだ御小人目付か」

「阿呆、そんな小物じゃねぇや」

怒りでむくんだ顔を振りたてた。

「ほう、お前たちは陰では深見のことを、若造で人使いが荒いくせに金払いが悪いとか、散々悪口言っていたそうじゃないか。三吉が言っていたぞ」

廣之進の言葉に作治が一瞬ひるんだ。

「あの臆病者は逃げ出したくせに、あることないことほざくんだよ。お前の親父はもう先が見えているんだぜ。そうなりゃ、お前も一蓮托生だ。よくて浪人、悪くて切腹、一家断絶だ。今のうちほざいてるがいいや」

作治は嘲笑う。

「そうかい。ま、お前の言う特別な犬目付が助けてくれることを祈って、正月の間ここでゆっくり頭を冷やすんだな」

「くそっ。正月の間、こんなところへ閉じ込められてたまるか。小鳥遊、深見様を呼べ。すぐ呼べ」

繋がれた金輪をガチャガチャ言わせながら喚いた。

作治は、深見が本当に助けてくれると思っている様子だ。よほど深見は作治たちをうまく信じ込ませたらしい。

（二）

役宅に戻ると、千種が廣之進の顔を見て、すぐ篤右衛門の部屋へ行くように言った。篤右衛門が待っているという。部屋では山本喜左衛門がいた。

「廣之進、待っておった」

喜左衛門への挨拶が終わるのを待って篤右衛門が言った。

「作治と三吉はどうじゃ」

「ほぼ作治一味の企みはわかってきました。あとは裏づけ証拠で補強するだけです。それから父上、昨日作治を捕らえたあと冬木屋が、取りもどした二百両を、父上に渡してくれと言いましたが、断っておきました」

「そうか。冬木屋はどんな顔をしておった？」

「棒を飲んだような顔で、絶句しておりました」

「それでよいのじゃ。あの手の者たちとの付き合いには、けじめをつけておく必要がある」

篤右衛門は満足げに山本を見やった。山本も口をすぼめて笑っている。

「山本殿が御番所の動きを知らせに参られた」

喜左衛門の顔を見た。

「廣之進殿はこたびの事件で、稲垣与力に会われたのかな」

喜左衛門がのんびりとした口調で訊いた。息子の新太郎はこの血を引いたのだと、いつも思う。

稲垣は北御番所年番方筆頭与力である。三人いる年番方は奉行の直下にいる与力で、奉行所の実務を束ねている。稲垣は、篤右衛門が奉行所へ入る時、特別の計らいをしてくれたという経緯がある。

「はい、先日三吉を捕らえる前、川越藩や定火消屋敷に掛け合う必要がありまして、与力の下役同心に相談しましたところ、稲垣与力に直接話せと言われまして」

「今の一件は話されたのか」

「はい、父よりあらかじめ話が通っておりましたので、市兵衛や喜田屋の件などお話ししました」

「座敷鷹の件は？」

「父がすでに報告しておりましたので、よくご存じでした。喜田屋誘拐は、犬目付が関わっている疑惑があるとも話しておきました」

「そうか」

喜左衛門は分別臭い顔で、腕を組んだ。

「山本殿が言われるには、御徒目付から稲垣与力に内々で問い合わせがきておるらしい」

篤右衛門が説明した。

「どうやら父上は来年の仕事始めに、御番所で吟味がある気配なのじゃ」

喜左衛門が言い添えた。

「御番所ですか。深見は大番屋と言っておりましたが」

「あれの猿知恵は心配せんでもいい。篤右衛門殿は役下がりとはいえ、月に五日は見習いどもを教えておられる。町人扱いにはできぬ。問題は御目付がどうも本気らしいということじゃ」

山本が皺の多い顔を曇らせている。

「御目付が？」

廣之進は瞠目した。なんだかとんでもない方向に進み始めている。

「しかし、冬木屋は御徒目付に話したと……」

「冬木屋の話は父上から聞いておるが、冬木屋は吟味の対象から外されているようじゃ。しかし〈遊女〉については、篤右衛門殿を見逃すことは難しいと御目付は考えているらしい」

「それは、前からわかっておったことじゃ。冬木屋は己の火の粉を払うのが精一杯なのじゃよ」

篤右衛門が喜左衛門と顔を見合わせて苦笑している。

「やはり、そうですか。でその御目付はどなたですか」

廣之進は訊いた。

「稲垣殿は名をあかしておられぬ」

「ははー」

篤右衛門を見た、苦笑している。稲垣のいつもの手だ。肝心なところをぎりぎりまで伏せて様子を見ている。となると、稲垣にとっても難しい相手だということになる。廣之進は父親の苦境をひしひしと感じとった。

御目付は大名をのぞく旗本御家人を査察する役で、禄高は千石だが、彼らの持つ警察権は役職格式を超えて及ぶ。支配領域は広く十人で構成されている。

「それで、父上はどうなるのでしょうか」

「稲垣殿も首を傾げておられた。目付殿との落とし所がまだわからんようだ」

「心配するな、廣之進。命にまで及ぶようなことはない。しかし或る程度覚悟は必要なようじゃな」

　篤右衛門が心配気な廣之進の顔をみて、さらりと言った。

　しかし、作治の企みを粉砕できる目途はたったが、将軍綱吉の神域を侵した〈遊女〉の件は、どうにもできない。

「父上、今日作治を吟味しましたが、深見は特別な人だと嘯いていました。はったりとも思えない所もあって、我らはなにか見落としているのではないかと不安なのです」

「特別だと言ったのか。深見家はそれほどの家柄ではない」

　篤右衛門が腕を組んだ。

「ということは、深見の陰に誰かがいるということなのかな」

　喜左衛門は相変わらずのんびりと言った。

「そう考えれば深見の強気もわかるような気がします。辻番で吟味するなど、犬目付の日が浅い深見が思いつくことではありません」

「そうだな。あの強気も気になる」

　篤右衛門が顎を撫でながら呟いた。

「冬木屋は、中村内蔵助の口利きで、御徒目付組頭に話をもっていったということじゃったな、篤右衛門殿」

　喜左衛門が思いついたように訊いた。

「そのように言っておりましたな。それがなにか」

「ちょっとひっかかるところがあるな。組頭は四人いる。どなたに頼んだのかな」

皺の多い顔を傾げた。組頭は、御徒目付五十人を束ねている。

「冬木屋は、名は勘弁してくれ、と申しておりました。御番所へ申し入れた組頭は名乗っておりませんのか」

「うむ、たしか野村生馬とか言われる方だったそうだ。しかし儂が不審に思うのは、内蔵助くらいの大物になると、話を通すとなれば、御徒目付組頭のような下士ではなく御目付だろう。逆に考えると組頭級の者の面識はないのではないかと思う」

そうか、と廣之進は思った。喜左衛門は御小人目付から町方同心になったと篤右衛門から聞いているから、その辺の呼吸は良くわかっている。

御目付、御徒目付組頭、御徒目付、御小人目付という序列からいけば、内蔵助級の大商人からの相談を、御徒目付組頭が上司の了解なしに独断で裁量することはない、と喜左衛門は言っている。内蔵助から相談を受けた御目付が、御徒目付組頭に話を下ろしたというのが順当な考え方だろう。

弥平次の相談に、御徒目付は逃げの一手だったのが納得できる。篤右衛門も同じ考えらしく大きくうなずいている。

「では、深見の後ろに御目付がいる、ということでしょうか」

瞑目して思案を巡らせている篤右衛門を横目に、廣之進は訊いた。

「御目付かどうかわからん。或いはその上」

その上といえば、若年寄だ。廣之進は首を傾げた。いくら蜘蛛の名が〈遊女〉だといっても、こんな瑣末な事件が若年寄まであがるとは考えにくい。

「御目付が、蜘蛛一匹でそこまでしゃかりきになるかのう」

喜左衛門と廣之進とのやりとりを黙って聞いていた篤右衛門が、口を開いた。廣之進と同じ考えだ。

「だが御目付はお主を名指しにしておるのだぞ」

喜左衛門が少し咎めるような表情をした。

「御目付に恨みを買うことなどありませんぞ」

言ってから篤右衛門は、遠くを見る目になった。

「冬木屋が相談した組頭がその野村殿ですかな」

「それはわかりません」

篤右衛門は腕を組んで喜左衛門に答えた。

（二）

次の日早朝、篤右衛門は冬木屋へ向かった。明日から暮れの餅搗きが始まる。気の早い家は今日から搗いているところもある。粉雪まじりの寒風が吹きつける永代橋を渡った。

昨日の喜左衛門の話が気にかかっていた。廣之進も不安な表情を隠そうともしなかった。

相談した御徒目付組頭の名は勘弁してくれと冬木屋は言っていたが、事情を話せばわかるだろう。

冬木屋の店頭はさすが豪商らしく、既に巨大な松竹梅の門松が飾られていた。年末最後の商売で相変わらず混雑している。

顔見知りの手代が目ざとく篤右衛門を見つけて、緊急だという篤右衛門の言葉にうなずいて奥へ急ぎ足で消えた。しばらくして手代は庭に設えてある離れ屋に案内した。

「こんなところで申し訳ありません、今日は部屋がありませんで」

手代が言いわけをしていると、下女二人が炭火を入れた火桶を運び込み、高台に置いた茶を勧めた。

「今日はひとしお寒うございます。主人には伝えてありますので、しばらくお待ちください」

手代は丁重に言うと下がっていった。いつもは静かな母屋では、時折笑い声などが聞こえる。

正月の準備らしい。

篤右衛門は少し場違いな場所にいるような気持ちに襲われた。大竹屋や伊勢屋などは、今どんな風に年を越そうとしているのだろうか。手あぶりに手をかざし、屈託げに瀟洒な数寄屋風の部屋を見まわした。

しばらくして、外障子の開く音が聞こえ、弥平次がいつもの妙齢の女を従えて現れ、女が差し出した座布団に座る。下女が現れ、女に茶椀と落雁(らくがん)を乗せた盆を渡した。女は二人の前にそれぞれ置くと、頭を下げて静かに退出した。

「小鳥遊様、ご挨拶にも伺わず御無礼を御許しください。先日は見事な捕り物、感服いたしました。して急用とはいかなることでございますか」

少し酒が入っているのか猪首が赤い。

「いや、こんな日にとんだ野暮用で痛みいる。少し教えてもらいたいことがあってな。以前作治の強請りの一件で、銀座役人の口利きで御徒目付組頭に会ったと言っておられた。その組頭の名前を聞きたいと思ってな。いや、お主が話しにくいのは承知の上での頼みでござる。実はその一件で御徒目付から御番所へ問い合わせがあり、そのお方は野村殿とおっしゃる組頭だ」

名を教えろと聞いて、身構えた弥平次を宥(なだ)めるように、こちらから野村の名を出した。弥平次は、野村と聞いて肩の力を抜いた。

「ははー、早速野村様から話があったわけですか」

弥平次は組頭が野村であると暗に認めた。

「左様。しかし、冬木屋さんはどうやら不問となったようだが、他の衆はみな自身番で締め上げられている」

篤右衛門は、弥平次の顔を覗き込んだ。

「やはりよく御存知ですな。そうなんですよ。あんな風になるとは思っておりませんでした。私も少し肩身が狭く困っております」

弥平次はそれほど困った様子ではないが、困惑しているのは確からしい。

「私は作治の強請りで困っていると、組頭に話したのですよ。その事情を知ってもらうために、座敷鷹のことを説明したのです。あの深見様は、何をお考えなんでしょうかね。小鳥遊様の前ですが、蜘蛛一匹のことでそんなに功を焦らなくともよろしいのに」

「蜘蛛一匹といっても、将軍の愛鷹の名がついた蜘蛛だ。この蜘蛛の名が出て、たかが蜘蛛一匹と言えなくなった。深見はこれで大義名分ができたと思った」

「ま、理屈はそうですが……」

それでも納得いかない顔で笑った。

「以前も話したが、深見にはわけがある。庄兵衛を殺したことにも」

「そうですか、やはり。喜田屋さんを深見様が？」弥平次は声を潜めた。「作治は深見様と組んでいたのですか」

「作治は、私が討ち果たした妻木敬之助の中間だった。妻木の息子と組んでもおかしくはない」

「強請りは深見様も？」

「作治の強請りは知っていたのだろうが、線を引いていた様子だ。しかし喜田屋庄兵衛を拷問した場面には、立ち会っていたらしい。手下が白状した内容によれば、座敷鷹について白状しなければ殺せと、指示を出したようだ」

「拷問？　喜田屋さんは拷問されていたのですか」

拷問のことは聞かされていなかった弥平次は、驚いて訊き返した。

「石を抱かされていた。深見は私の咎を見つけたい。その咎が〈遊女〉だ。元御番所同心が〈遊女〉殺しを黙認していたとなれば罪に問える。それを庄兵衛に喋らせようとしたのだ。しかし、作治には、喜田屋を拷問する理由がない。身代金とすれば理由がわかる」

「そこで身代金ですか」

「いいや身代金や先日の蜘蛛の筐の件は作治の独断だ。煙管屋の市兵衛なんかの強請りは、深見が後ろ盾となっておるが、作治たちははした金だと言うておるようだ」

「仲間割れですか。なんとも込み入った話ですな」

呟くと、弥平次は黙り込んだ。ここにきてようやく事の重大さを実感したようだ。

「小鳥遊様には大変なご迷惑をおかけしたようで、誠に申しわけございません」

深々と頭を下げた。芝居にせよ、この潔さは他の豪商と違うところだ。

「ま、それは今更仕方ないことだ。私も黙認したのだ。それで冬木屋さん、内蔵助さんが紹介した御目付はどなたですかな」

「だから野村様ですよ」

少し戸惑いながら答える。

「野村殿は御目付からの指示で、冬木屋さんに会ったのじゃないのか」

弥平次の答えを無視して、篤右衛門が弥平次を見つめた。

「参りましたな。小鳥遊様には嘘はつけない。何故わかったのです？」

抜け目なく訊く。

「銀座役人ともなれば、御徒目付より御目付との付き合いが深い、と思ったのだよ。しかもあんたが御徒目付に頼んだという内容があまりに露骨すぎる。冬木屋さんや内蔵助さんくらいの豪商になると、阿吽の呼吸のようなものがあるはずだ。とすれば、御目付しかない」

「なるほど、鋭いお方だ」

弥平次は落雁を口に入れると、茶碗の蓋を取って味わうように飲んだ。

「御目付には、私の名を出されたのかな」

「はい、いつも御世話になっている、小鳥遊様という元臨時廻の方にも相談している、と申しました」

「それで？」

「犬目付が絡んでいるとなれば、御徒目付に言っておくということで、野村様にお会いしたのです」

「御目付は、どなたですか？」

弥平次の顔を覗き込んだ。

「澤田様とおっしゃいます。もう十何年も勤めておられる方のようです」

仕方なさそうに答えた。

「そうか、事情はよくわかった。息子にも御目付の意向を充分踏まえるよう言っておきますよ」

篤右衛門はさりげなく話を終えた。

弥平次はいま一つ篤右衛門の狙いがわからないようで、窺うような顔をした。

（四）

夕刻、廣之進は御番所から帰宅してすぐ、篤右衛門の部屋を訪れた。今日も山本喜左衛門が来ていた。山本も気がかりなのだ。

「冬木屋はいかがでしたか、父上」

山本に挨拶して尋ねた。千種が茶椀を乗せた盆を持って入ってきた。

「やはり、御番所へ問い合わせてきた野村殿は、冬木屋が相談した組頭じゃった」

「そうですか。だけど相談したわりには、事が進み過ぎているのは、いささか解せませんな」

廣之進は思案顔だ。

「うむ、冬木屋も肩身が狭いと言うておった。それより、冬木屋から相談を受けた内蔵助は、まず山本殿の言う通り御目付に話を持っていったらしい」

山本がうなずいた。

「山本殿の見立て通りですか。で、どなたに?」

「澤田殿じゃ」

篤右衛門がうんざりした顔で廣之進に言った。千種がはっとして篤右衛門を見つめる。廣之進は訝しげに二人の顔を見比べた。山本も納得顔でうなずいている。

「先日話したであろう。昔の鳥見時代の事じゃ」

「妻木の?」

「そう、妻木敬之助の伯父に、舟田又兵衛という御徒目付がいた。妻木が威張っておれたのは鷹匠であることと、伯父が御徒目付だからじゃ。儂が妻木を討ち取った後、舟田は執拗に儂を弾劾した。その舟田が当時取り入っていたのが、この澤田様だったのよ。儂の吟味の場で、舟田と妻木が二人で組んで村人に賄賂を要求したり、横着な振舞いがあったことが明らかになって、舟田は一家断絶浪人となり、儂は咎められることはなかった。それに関連して小普請支配や世話役など数人と二人は組んで同様な悪事を働いていたことが露見して、それぞれに御仕置きがあった。

これらの連中の後ろ盾が澤田様だった。しかしことは澤田様まで及ばなかった」

篤右衛門はがぶりと茶を飲んだ。千種も固い表情で俯いている。

「儂はな、廣之進殿。あのとき篤右衛門殿に話を聞いたときは気を揉んだものだ。御目付だけの裁定では、篤右衛門殿はまず勝ち目はなかった。彼らの悪事をばらすために、三手掛（さんてがかり）の評定までもってゆくのに苦心したものよ」

喜左衛門が思い出したように笑った。廣之進もその話は聞いたことがある。稲垣与力から話を聞いた若年寄の加藤明英までも巻き込み、三手掛の評定となったということだった。三手掛という裁判は、軽輩の場合は評定所でなく町奉行所で、大目付と御目付、御徒目付三者立会いで吟味して、町奉行裁定を下す。

「あのとき、山本殿に会っていなければ今の儂はない」

当時十六歳だった廣之進にはまったく知らなかったことだった。

「こんな不愉快なことは、思い出したくもなかったのだが、山本殿の御目付と聞いて、もしやと思ったのじゃ。野村殿にはまったく面識はない」

「深見の後ろ盾は澤田様ですか」

廣之進は呟いた。

「間違いなさそうだ。昔の怨念が頭をもたげたという訳じゃな。〈遊女〉を殺した席に篤右衛門殿がいたと知って、澤田殿はほくそ笑んだのじゃないかな」

喜左衛門が断定的に言った。澤田目付が関与していることに、余程腹が立っている様子だ。

「お主の話で、作治や三吉は深見が大物だと信じ込んでいたのは、澤田殿の名を深見は利用したからじゃないかと儂は思う」

「しかし十数年も前のことでしょう。それに父上が悪いのではない。己がまいた種で御仕置きを受けたわけですから」

廣之進が腹立たしげに言う。

「ま、それは仕方ない。ただ敵が誰かわかったのじゃ。今の探索をしっかり固めれば、打開策は生まれてくる。御目付の文句のつけようもない証拠を固めるのじゃ」

篤右衛門は、廣之進を力づけるように言った。

だが、深見が庄兵衛殺しに関係していたことが明らかになったとしても、父が〈遊女〉殺しを黙認したことは帳消しにはならない。廣之進は不安を押し殺してうなずいた。

「明日にでも稲垣殿に話しておこうと思っておる。廣之進殿、心配することはない。この場は絶対乗り切れる」

喜左衛門の言葉に、廣之進と千種は不安を押し殺して頭を下げた。

「それともう一つ。上のほうの動きがおかしい」

喜左衛門が声を潜めた。

「上様は元旦の朝会をお控えになり、名代で家宣様が臨まれるらしい」

その噂は廣之進も知っている。

「どうやら、御病は重篤らしいという噂じゃ。山田奉行が伊勢神宮へ派遣なされたそうじゃ」

喜左衛門は声を潜めた。山田奉行は伊勢神宮の守護や遷宮、祭礼などの支配である。回復祈願だと廣之進は思った。

「もう、お歳かな」

篤右衛門の言葉に喜左衛門もうなずいた。家光四十八歳、家綱四十歳、三代、四代の将軍が薨去した年齢から考えると、五代綱吉は当年六十四歳。

宝永元年に家光の孫にあたる綱豊が、既に将軍後継者として家宣と名乗り、西の丸に入っている。御番所内でも、早くも継承時期が取り沙汰され始めているらしい。

廣之進はこの事態をどう理解していいかわからず、二人の顔を眺めていた。

（五）

昨日、麹町の平河天満宮の年の市が終わり、江戸の年の市は全て終了した。御番所の御用納めは五日後の晦日である。

作治から決定的な自白は得ていないが、傍証は固まりつつある。廣之進は年寄同心の了承を得て、三吉も作治や米八と同じ三四の番屋へ入れて、年を越させようと考えている。自身番の市兵衛は町預けとなって自宅で正月を過ごすことが許された。

出仕した廣之進を、与力下役同心が呼びにきた。定火消屋敷との掛け合いの際、稲垣与力に繋いでくれた同心である。与力が呼んでいるという。

年番方与力の部屋脇にある小部屋へ通された。座布団の横に、小さな手あぶりが置かれてあった。

稲垣がいつものようにせかせかと入ってきて、瘦身を折るようにして座布団に座った。

「作治とやらを捕らえたらしいの」

冬でも手離さない扇子を、指先で開け閉めしながら、長い眉毛の下から睨んだ。

「はい、三四の番屋へ入れてあります」

「そやつが、喜田屋庄兵衛を拷問して殺したのか」

「まだ白状しておりませんが。間違いなく」

ぱらりと扇子が半分開かれた。

「篤右衛門を今日中に儂のところへよこしてくれ」

「承知いたしました。して御用の向きは」

「そちは知らぬほうがよかろう。わかっておるな」

廣之進は黙って頭を下げた。稲垣はぱちりと扇子を閉めると立ち上がって、せかせかと部屋を出て行った。

廣之進は同心詰所に戻ると、清蔵を呼んで用件を篤右衛門に伝えるよう命じた。

退出時を待ちかねて拍子木が鳴ると、廣之進は役宅へ戻った。

おたまが心配顔で迎え、戻り次第部屋に来るようにという篤右衛門の伝言を告げた。

「心配せずともよい。父上は大丈夫だ」

「はい、お義母様から少しお聞きしております。貴方様は大事ないのでございますか」

おたまは不安げな顔で廣之進を見つめた。

「今朝、年番方与力殿に会った。父上の災厄を私に及ぼすまいとする、お気遣いがあった」

「でも、お義父様は」

「今、留五郎たちが懸命に動いてくれている。主だった者は既に捕らえてある。大丈夫だ、心配いたすな」

おたまは、気丈にうなずいた。

「戻ったか」

部屋へ入ってきた廣之進に篤右衛門が笑いかけた。屈託のない顔を見て、廣之進は安堵の息を吐いた。千種が手あぶりの傍の座布団を勧めるが、固い表情は崩していない。

早い冬の黄昏が部屋を覆い始めており、行灯にはすでに灯が入っている。

「御番所吟味は御目付立会いで、御用初めの翌日呼び出しと決まった」

廣之進は息を吐いた。ようやく一縷の望みが見えた思いだ。御目付の一方的な裁定でなく、御目付立会い裁判では奉行が主導権を持つ。

「立会いは、やはり澤田殿じゃ、補佐は御徒目付の野村殿。奉行の補佐は年番方与力稲垣殿。大ごとじゃな」

「座敷鷹の件じゃよ」

「吟味の筋は何ですか」

人ごとのように笑った。

当たり前だというように答えた。

「庄兵衛の事件との関連はどうなるのでしょう」

「吟味は座敷鷹に絞ったものであるべきだ、という御目付の強い意向だそうだ。作治たちの事件は勝手に調べろということだな」

「与力のお考えは、どうなんでしょうか」

「深見を犬目付につけたのは、澤田殿だ。その深見が座敷鷹という儂の罪状を見つけたのは良いが、深見が作治と結託しているとなって澤田殿は困惑しているようだと、稲垣殿は言っておられた。深見の不始末からは、少しでも遠ざかっていたいということだな。冬木屋の相談を受けて、指示された御徒目付が深見を呼んで事情を聞いたけれど、すでに深見は作治に取り込まれていて、どうにもできなかったらしい。深見は諸刃（もろは）の剣（つるぎ）といったところだな」

「では、我らの捜査結果によっては、潮目は変わると……」

廣之進が身を乗り出した。

「廣之進。澤田殿の言われるように、今捜査している深見の事件と〈遊女〉の件は別の事件じゃ。そこを混同してはならん。深見を追い込んだとしても、〈遊女〉事件が消えるわけではない。じゃが稲垣殿と同じように儂の感触では、大したことにはならんだろうと思っておる。心配するな。与力は一応奉行に報告はしてあると言うておられた」

「松野奉行にですか」

廣之進はうなずいた。松野河内守助義は、大坂町奉行から二年前江戸北町奉行となった。憐み令には少し距離を置いているという噂がある。稲垣はある程度勝算があるのではないかと思った。篤右衛門の希望的観測はそのあたりにあるのだろう。

「座敷鷹の吟味では、儂は役下がりの身じゃ。せいぜい蟄居、悪くて追放くらいのことだ」

「追放ですか」

廣之進は大きく息を吐いた。追放には、江戸所払いから重追放まで六種ある。

あくまでも楽観的な父の態度が、かえって廣之進の不安をあおる。千種も俯いている。

大したことでなければ、稲垣がわざわざ自分を呼び付けることはない。与力が〈知らぬほうがよい〉と言ったのは、或る程度覚悟しておけ、お前の家には事が及ばぬようにすると、稲垣は暗黙のうちに伝えたかったのではないか。

いかに稲垣与力の力をもってしても、将軍の神域である憐れみ令に、正面から対抗する事は不可能なのだ。

次々と沸いてくる不吉な予感に、廣之進は唇を引き締めた。

「そうそう、御番所が案外早く終わったのでな。深見に会うてきた」

「なんと、何処で会われたのですか」

廣之進は驚いて訊いた。

「以前冬木屋に、伊勢屋が黒江町の自身番へ引っ張られていると聞いていたからな。一目見てわかった。清蔵が言うように妻木にそっくりじゃった」

「わざわざ黒江町まで」

「あ奴、儂の顔をどこかで見たのだろうな。一瞬驚いていたが、名乗りおったわ。そして昔のことを詰問してきおった。十二年の昔へ戻すことはできないが、相応の仇はとる、と奴は面と向かって申しておった。儂は相手にはしなかったがな。父親似で思いこみの激しい男よ」

千種が蒼白な顔で俯いている。

「深見は初めから庄兵衛を殺すつもりで誘拐したと、三吉が白状したけれど、何故そこまで深見が思いこむのか不思議じゃった」

「そうです。それは私にも疑問でした」

「儂の鳥見時代、庄兵衛は木蝋(もくろう)の櫨(はぜ)の実を買い付けに、よく御拳場へ来ていた。それで儂らは知り合ったのじゃ。後に鳥見のもう一つの仕事である諸国見廻りを、手助けさせていたこともある。時には越後や山城、そして陸奥などを一緒に回った。木蠟の仕入れ先を探す商人を装い、諸国の実情を見聞して上に報告していた。妻木敬之助が、櫨の実採りの入会権で百姓たちに度重なる賂(まいない)を要求したり、婦女子に悪さしたりしていたとき、庄兵衛が何度も仲裁に入ったことがある。このことを深見は母親などに聞いていたのだろうな。庄兵衛は儂と一心同体だと見ていたのではないかのう」

初めて聞く話だった。千種は身を硬くして聞いている。

「あのとき深見は十二歳だったそうだ。廣之進が十六歳のときじゃったな、あれは」

問われて千種が小さくうなずいた。

「深見は犬目付になって、家主や名主と顔合わせしたときに、庄兵衛に会って気づいたのだろうと思う。深見は仇の片割れである庄兵衛を捕らえ拷問したが、儂の名を吐かせることは二の次だったと思う。あの時すでに儂ら連衆に探りを入れて、ある程度座敷鷹のことは摑んでいたからだ」

「そうか、それなら納得がいきます」

「拷問のうえ殺すことで済ませておけばよかったものを、作治が欲をかいて強請った。しかし、深見は市兵衛の件と同じように、それを止めることはもうできなくなっていた。御徒目付の野村殿がお手上げになる訳だ」

「深見は庄兵衛殺しや市兵衛への強請りで、己の身に悪事露見の事態が迫っているのに気づかぬのでしょうか」

「三吉を逮捕した翌日、引渡しを要求してきておる。どこかに情報源があるのだ。作治や米八の逮捕を知らぬ訳はあるまい。今日の様子では儂らの追及を察して、深見は儂と刺し違えるつもりのように思えた」

「刺し違えるとは？」

愕然として訊いた。

「庄兵衛誘拐を、認めるつもりなのかも知れぬ」

「認めれば己も罪に問われるでしょう」

「うむ。御法度を守るために尋問した。やむを得ぬ仕儀じゃったと強弁する」

「そんな莫迦げた理屈が通るものですか」

「澤田殿ならやらせるかもしれん。これで自分にかかる火の粉を深見にかぶせられる。情のある人ではない。肉を切らせて骨を断つという戦法じゃな」

千種が不安気な顔で篤右衛門を見つめた。

「これ、なにも心配することはない、それは深見の妄想のようなものじゃ」

千種を宥めている。

本当に妄想だと父は思っているのだろうか。御目付の澤田が昔の怨念を晴らそうと刃を研いでいる。しかも八方破れに近い深見は、捨て身でかかってくると父は言う。父のいう妄想が、にわかに現実味を帯びてきた。

廣之進は篤右衛門の表情に、不安の影を探した。

夜五つ（十九時）の鐘が聞こえてきた。千種が遅い夕食の支度にかかろうと腰を上げたとき、玄関で案内を請う声がした。

千種が当惑した表情で戻ってきた。

「冬木屋さんがお見えです」

篤右衛門は驚いて立ち上がった。

「奥の間へ通せ」

千種が冬木屋を案内する声が聞こえる。

「お主も同席いたせ」

指示で廣之進も立ち上がった。

「夜分に突然伺って申し訳ありません」

座布団を敷かずにかしこまっていた弥平次が、丁寧に頭を下げた。

「何事でござるか、なにか朗報かな」

皮肉な口調でいいながら座り、座布団をすすめた。

「恐れ入ります。此度の件で、来春には御目付立会いの裁判が行われると聞きまして、御無礼も省みず伺いました」

「なんと、さすが早耳でござるな」

　廣之進を省みながら苦笑した。

「此度は私どもの不敬な道楽に、小鳥遊様を巻き込んでしまいまして、お詫びのしようもございません」

「冬木屋さん、その件なら前に言っているように、私は黙認したのじゃよ。気にしていただかなくても結構じゃ」

　あっさりという篤右衛門に、冬木屋はまた頭をさげた。

「小鳥遊様のお気持ちは、大変ありがたく思っておりますが、それだけでは申し訳が立たぬと思い、参上いたしました」

　弥平次は膝をにじり寄せた。

「はて、どういうことなのかな」

　怪訝な顔をした。

「実は座敷鷹の連衆でお咎めを逃れそうなのは、私だけなのでございます。これでは皆の衆にも申し開きがたちませんので、あるお方に相談いたしました」

「ほう、また内蔵助か」

　面白そうに言った。

「はい」頬を少し緩めると頭を下げた。「内蔵助さんは小鳥遊様をよく御存知のようですね」

「ああ、以前内蔵助が絡んだ事件で出会ったことがある」

「今日連絡がありまして、再度お会いいたしました。そのとき小鳥遊様が窮地に陥っておられるということがわかったのです。しかも澤田様が関係しておられると知って驚いておられました」

「なるほど」

篤右衛門は、厳しい顔で腕を組んだ。

「内蔵助さんは、小鳥遊様さえよければ、勘定奉行の荻原様に話してみると申しておられます」

「冬木屋。心配は有難いがお断り申す」

篤右衛門は間髪入れずピシリと答えた。篤右衛門の毅然とした答えに、弥平次は驚いて言葉を失っている。

荻原重秀は、財政難にあえぐ幕府の救世主と言われているが、一方では元禄小判の改鋳などで、中村内蔵助などと組んで懐を肥やす役人として悪名高い。

「私はなにかと世間で評判の荻原殿だから、断っているのではない。いかに気に入らなくとも、御法度を破った私が延命を請う資格はないと思っている。無用な心遣いは御免こうむる。失礼ながらお主たち連衆と、私の立場は違うのだ。お主たちに私の信条を押し付ける気はない。お主が、悪法を逃れるために仲間を助けようと奔走されるのは、いいことだと思っている。大竹屋さんなど、ぜひ助けてやってもらいたい」

篤右衛門は厳しい表情を崩さず淡々と告げた。

「恐れ入りました。お気持ちを忖度することができず、私のような者が要らぬ口出しをいたしました。お許しください」

篤右衛門の話をじっと聞いていた弥平次は、深々と頭を下げた。

「いや、口幅ったいことを言いました。気持ちだけは、いただいておきますよ」

篤右衛門は微笑んだ。

弥平次は廣之進に頭を下げて帰っていった。

「駕籠で来たのか」

玄関先で見送って、部屋に戻った千種に聞いた。

「いえ、手代らしい者と二人で歩いて来られたようです。提灯も無紋でした」

「とっつきはいいが、嫌な男だと思っていましたが、町人ながら、なかなかできた男ですね、父上」

「そう思うか、廣之進」

廣之進は怪訝な顔で見返した。

「奴は、儂への借りを帳消しにしておくためにやってきたのよ」

「帳消しですか」

驚いて聞きなおした。

「そうだ。儂が冬木屋に貸しを取り立てる気もないのに、やって来おった。用心深い男よ。おそらく儂が荻原殿の介入を断ることを見越していたのだな。以前大竹屋や伊勢屋なんかが危ない状況なのに、お前だけ安泰なのか、と皮肉ってやったことがある。儂のついでにその弁明もして帰りおった。そういう意味ではできた男よ」

廣之進は啞然として父親をみつめた。冬木屋は庄兵衛を介して父親を巻き込んだことを贖罪するために来たのだと思っていた。大商人を相手に、修羅場を潜ってきた父のしたたかさを、見せ付けられた思いで絶句していた。

第六章　薨去

（一）

宝永六年の正月となった。暁八つ半頃（三時）から起き出した小鳥遊一家五人で祝儀を行い、廣之進は暁七つ（四時半）、奉行の登城前の祝儀のため用意した小袖に紋付黒羽織を着用した。与力以上は熨斗目に裃だが、廻同心は黒の三ッ紋付に白衣帯刀である。袴は着けない。同心は今日一日与力、同心番組それぞれでの祝儀のあと、十六日まで与力や上役同心役宅を延々と回る。

廣之進は清蔵と留五郎を供に、ようやく明け始めた凍てつく町を、御番所に向かった。篤右衛門と千種、そしておたまと慎太郎は、梅助を供に増上寺に詣でる予定である。

冬木屋の話を言下に退けた父の態度を見て、廣之進は心の整理ができたと思っている。

今廣之進にできることは、深見の起こした事件の裏を固めることだ。この十六日までが勝負だと心に決めている。

篤右衛門は、今朝の一家の祝儀の際、いつもの楽観論を述べた。しかし、仕事始めに行われる奉行所吟味に、強い危機感を心に秘めていることは感じとれた。

目明したちは、篤右衛門の吟味日が決まったと聞いて一段と緊張している。

留五郎には、政吉と共に自宅待機の煙管屋市兵衛宅を訪ねて、吟味の模様を聞きだし、猫が行方不明になった当時の事情などを再度調べるよう指示している。

松の内が明ければ、留五郎たちが総出で小日向の周辺を虱潰しに聞き込みをすることにしている。猫死亡前後の作治の行動を洗い出すのだ。正月の寄り合いで村内の人が集まれば、新しい情報を得られるかも知れない。

篤右衛門は、町預けの大竹屋と伊勢屋を訪問して、深見の出方を見極め、御用始めからの奉行所吟味に備えようとしていた。

七草が終わり、配下の目明しなどへの祝儀も一段落した。正月の祝賀行事は続いているが今年だけは特別で、廣之進は慣例を破って捜査に集中しようとしていた。

朝餉をとっているとき政吉がやってきた。

「市兵衛のところの羅宇の修理をしている職人で英吉って野郎がいたんですがね。こいつがどうやら市兵衛の猫を捕まえて三吉に渡したらしいんでさ」

玄関へ出た廣之進は、身を乗り出した。

「職人を集めた正月の集まりでわかったそうです。英吉は市兵衛が辻番へ引っ張られる少し前に店を辞めているんですがね。同僚だった職人が、元旦に浅草の仲見世でばったり出会ったそうなんでさ。そのとき、三吉に脅されて猫をこっそり渡したが、旦那があんなことになるなんて思いもしなかった、といっていたらしい」

「英吉は何故脅しに乗ったんだ」

「市兵衛は、英吉の悪さのせいじゃないかと言っています」

「悪さとは」

政吉はカルタを切る仕草をしてみせた。

「女房はいるのか」

「去年娘を連れておん出ていったらしくて、英吉も市兵衛も居所を知りません」

「俺はいまから米八の吟味に三四の番屋へ行く。三吉は英吉の名を突きつければ唄ってくれるだろう」

これで猫を放り込んだ三吉の犯行が証明できる。今月始まる大番屋の南御番所与力の市兵衛の吟味を、覆す充分な証拠だ。

廣之進は大きく息を吸い込んだ。

（二）

正月十日、小日向での聞き込みの成果がもたらされた。

庄兵衛の身柄交換の日、小日向村の百姓から、川舟を盗まれたとの届けが庄屋にあった。川舟は江戸川河口で後に発見されたのだが、これを基にした留五郎たちの聞き込みで、当日の早朝代八車を引く股引姿の男たちが三人、作治の塒から出てきて、江戸川の方角へ行くのを見たという百姓がみつかった。一人は顔見知りの作治で、後の二人は頰かむりだったのでわからなかったという。代八の荷は、まだ薄暗かったのではっきりしないが、筵がかかった細長いものだったらしい。

殺された庄兵衛の身柄交換の日、庄兵衛を乗せた茶船には三人いた。そして同じ日深見は市兵衛を辻番へ引っ張った。そのとき深見の手下が一人辻番にいたと金太が確認している。

廣之進は、深見のもう一人の下っ引きを捕らえるよう留五郎に命じた。下っ引きは小者と違って同心が私的に手伝わせているものだから、深見は文句をつけることはできない。

廣之進は三四の番屋へ向かった。

「作治、御目付の澤田様を知っているよな」

床に引き据えられた作治にいった。留五郎が腰縄を持ってカケスと共に脇に控えている。

澤田の名を聞いて作治は一瞬身体を固くしたが、動揺を隠すように、この半月ですっかり伸びた髭面を歪めて嘲笑った。

「それがどうだってんだ」

「澤田様は十数年前収賄の罪で罷免された御徒目付の舟田の親戚だよな。舟田の甥が妻木敬之助、その息子が深見というわけだ」

作治は顎をあげてせせら笑ったが、何も言わない。

「三吉を捕まえてあることは言ったよな。その三吉を奉行所から引き渡せと深見は掛け合ったのだが、門前払いだ。お前のいう特別な深見様は、御徒目付に見放されてしまった」

作治は廣之進を睨み返した。

「お前と三吉が頼みの綱の澤田殿も、今は手出しができなくなった。お前と三吉の悪事が度を越してしまったからだ」

「悪事って何のことだ。俺ぁ冬木屋から金を受け取ってねぇことは、わかってるだろうが」

「そうだよな、飛脚に渡したんだ、小日向へ届けるようにな。しかし、その二百両は私らが押さえて冬木屋へ戻してある」

蒼白な顔でだまりこんでいる。

「お前の悪事は冬木屋だけじゃない。深見に内緒で庄兵衛を殺して身代金を奪った、そのために深見と喧嘩になった」

「とんでもねぇことをいうな。莫迦。お前も親父と同じ莫迦だ」

悲鳴のような声で叫んだ。

「なにを、この野郎。黙って聞いてりゃ図に乗りゃぁがって。若、こんな野郎は手っ取り早く石を抱かせやしょう」

留五郎が目を怒らせて、腰縄を引っぱると作治を引き転がした。

「お前は深見と一緒に、小日向の御堂で庄兵衛を拷問したんだろう。拷問石も見つけてある。そのうえ庄兵衛の印籠が床下に落ちていたのも見つけた」

「知るかそんなこと。おれがやったってことにならねぇ」

「庄兵衛が大川で金と交換された日の朝。お前が代八で庄兵衛を江戸川まで運んでいたのを見た百姓もいる」

「うるせぇな。その百姓は寝ぼけていたんだ」

懸命に胸を反らせて平静を装おうとしている。

「市兵衛への強請りも、三吉がすっかり喋った。お前に猫を渡した者は英吉って男だよな。投げ込む所を見た飛脚もいる。お前が闇雲に突っ張っていても、喜田屋庄兵衛殺しで死罪は間違いないんだ」

「猫を殺してなんかいねぇ」汗をかいて叫んだ。

「じゃ誰が殺したんだ」

作治は黙って廣之進を上目で睨んだ。

「お前が二百両を要求して冬木屋へ送った文だがな。庄兵衛の身代金要求の脅迫文と、筆跡がまったく同じなんだな。お前の強欲のせいで澤田殿も今回はもうお前を庇いきれない」

「見え透いた嘘を言うな。澤田様には昔から目をかけて頂いているんだ。澤田様がそんなことをするはずはねぇ」

「おや、やっぱり澤田殿が後ろ楯なのかい。じゃ御白州でそう言えばいい。お目こぼしがあるかもしれないぞ」

肩を落とした作治を見て留五郎が言った。

「若、石を抱かせますか」

「莫迦野郎、俺がそんな手で音を上げると思ってんのか」

留五郎に向かって叫んだ。

「これだけ証拠や証人が揃っているんだ。その必要もないだろう。必要となれば、大番屋で抱かせればいい。御番所でも詮索所という怖いところもある。どこが一番楽か考えさせてやれ」

廣之進は言い捨てると部屋を出た。


役宅に戻ると、山本喜左衛門がまたやってきていると、おたまが告げた。

急いで篤右衛門の部屋へ顔を出した廣之進に、喜左衛門がいきなり言った。

「綱吉公が薨去(こうきょ)されたらしいぞ」いきなり言った。

「えっ。御政道はどうなるのでしょうか」

黙って座っている篤右衛門を振り返った。やはり噂は本当だった。

しかし、将軍が死んでも、なにも変わりはしないとも思う。

「家宣様は生類憐みの令について上様から、自分の死後も永久に後世に伝えよ、と以前からお申し聞かされておられたそうじゃ」

「そう仄聞（そくぶん）しております」

喜左衛門が面白そうに廣之進を眺めると、膝を進めた。

「実はな、息子が昨日急に御番所へ呼び出されて、担当与力から急用を申しつけられた。何用だと思う?」

いたずらっ子のように目を輝かせている。のんびり顔の新兵衛を思い出したが、首を振った。

「赦免じゃよ、恩赦。これは新兵衛の仕事じゃ」

「恩赦ですか」

嬉しげな喜左衛門の顔を見ながら、納得のいかない顔をした。将軍家の慶事や弔事があるときは、恩赦があるのはいつもの事だ。赦帳撰要方人別帳掛同心の新兵衛としては、当たり前のことではないか。

「こたびの恩赦は、ご府内で四千人に及ぶだろうということで、新兵衛は正月早々てんてこ舞いじゃ」

あっと思った。「憐み令ですか」篤右衛門の顔を見た。

「そのようじゃ。どうやら、廃止になるらしいぞ」

満面の笑みを浮かべている。

「では、あの〈遊女〉の件も？」

「まだわからんが、憐み令の罪人に恩赦がある以上、新しい罪人は生まれないとみておる」

廣之進は思わず両手を打った。

（三）

十六日間に及ぶ正月の祝賀行事が終わり、御用始めとなった。

与力から下役同心には金百疋（一貫文＝一分）が配られ、小者にいたるまで酒肴が振舞われた。

午後、奉行松野河内守より恒例の、当年の御用向きの取り扱いについての申し渡しがあった。

しかし今年は風向きが違った。例年奉行は表内座にそれぞれの掛かりを呼んで新年度の予定を個別に申し渡すのだが、今年は一之間から三之間に与力同心全員を集めての申し渡しであった。

「将軍綱吉公は正月十日薨去なされた。諸般の御用向きは、先年をそのまま引き継ぐこととする」

一斉にどよめきが上がる。奉行は深刻な顔で続けた。

「御葬儀は正月二十二日とする。ただし、前年鋳造された宝永通宝大銭、十文銭の通用は本日をもって停止する。また、生類憐みの令に関する御触れは、今後全てを廃止される」

口早に言い切った言葉に、一同はまたどよめいた。

「高札や、町名主への町触れは明日十八日より漸次行う。こたびの生類憐みの令の廃止について、その理由をあれこれと詮索することなく、淡々と処理にあたる事と心得よ。尚この御触れに違反して御仕置を受けた者の処遇については追って沙汰がある。また現在吟味中の生類憐れみの令に関する訴訟事案の吟味は全て中止し、白紙とする」

奉行の言葉に、皆一様に顔を見合わせた。

廣之進は三之間の高い天井を見上げた。まさに青天の霹靂（へきれき）だった。庄兵衛や篤右衛門の顔が目に泛（う）かんだ。一気に重しがとれた。こんな決着を誰が予想できただろうか。

澤田が今度の篤右衛門呼び出し吟味は、座敷鷹の件に限ると言った以上、生類憐れみに関する訴訟事案は、全て中止されるはずだ。したがって呼び出しも中止となる。

しかし、深見と作治一味の強請り拷問事件は、将軍薨去に関係なくすすめることができる。手を打ちたい気分だった。不敬な思いだが、これだけ歓迎された薨去が今まであっただろうか。

奉行の話が終わり、皆深刻な顔でそれぞれの詰め所へ戻った。

年番方与力稲垣が、外回りの同心を改めて一室に集めた。稲垣が姿を見せるまで、皆声を潜めて言葉を交わしている。皆の思いは同じだった。〈詮索するな〉といわれた以上、言葉には出せないが、詮索を禁じられること自体が、異常事態であることを示している。奉行は恩赦までほのめかした。

将軍の甥である綱豊が、綱吉の養子としてすでに家宣（いえのぶ）と名乗って後継者と決まっており、御世継ぎの心配はないのだが、綱吉が永久に後世に伝えよ、とまでいった御触れが、今日撤廃されるというのだから大英断といってよかった。

与力稲垣は、現在奉行所で吟味中の生類憐みの令に関する事案について、至急報告書を作ることを命じ、後日それぞれと談合の上その中止の大方針にそって処置を決める、と申し渡した。


「長かったな」

後処理に追われて、遅くご番所を退出して役宅に戻った廣之進に篤右衛門は言った。

父は案外冷静だった。当面の危機を免れたことを言っているのではなかった。二十六年前鷹匠が大量に減員され、鳥見の役を解かれ、小普請から御番所に勤めた長い年月への感慨が込められた言葉だった。

「先ほど、とりあえず庄兵衛の仏前に報告してきたところじゃ」

篤右衛門は唇を引き締めた。

「遺族はどうでしたか」

廣之進にはそれしか尋ねようがない。

「うむ、憐れみ令がなくなることは喜んでおられた……」

それ以上聞くことはできなかったのだろう。廣之進も言葉なく俯いた。

「明日私も仏前に参ります」

「そうしてやってくれるか。千種も連れて行こう」

篤右衛門は呟くように言った。

「厳有院様（家綱）のとき、薨去はひと月ほど内密にされた。これが慣例で、下々は薨去の日は知らせないことになっておる。薨去を知るものは三卿に老中や若年寄、御側付きの者たちなど、それと奥医師くらいじゃ。最も差し障りのない時期を選んで密かに葬儀の準備をさせるのよ」

篤右衛門の言葉に、廣之進は驚いていた。すでに昨年師走に、将軍は死亡していたのではないか、ということらしい。〈遊女〉の名におののいていたとき、すでに憐れみ令廃止の話は持ち上がっていたようだ。不安と緊張で一喜一憂した三十日間は一体何だったのか。

生類憐み令に翻弄され続けた小鳥遊一家に起きた茶番劇だったのか。煙管屋の市兵衛や殺された庄兵衛一家、それに座敷鷹に関わった人達はどう受け止めるのか。嬉しさより憤りが沸き起こってくる。廣之進は父の冷静さをようやく理解した。

噂はあっという間に江戸を駆け巡り、すでに篤右衛門のところへ届いていた。

千種やおたまも、三十日に及ぶ緊張と不安から解き放たれて、嬉しげに立ち働いている。

「これ、喪中だぞ」

篤右衛門の言葉にも意に介さない様子だ。

「それにしても、憐れみ令の廃止とは驚きました」

廣之進は言った。

「そうじゃな。普通新しい御触れは、新将軍が宣下されてからなされるものじゃが、今この時期に決断されるとは、家宣様も思い切ったことをなされる。よほどの悪法と思い定めておられたのじゃな」

「家宣様の御沙汰でしょうか」

「御用部屋が勝手にできることではない。家宣様の命で老中が指揮をとったのであろう」

「御側用人の松平輝貞様と松平忠周様が解任されたが、大老吉保様の辞意は許されなかったそうじゃ」

「吉保様……」

廣之進は多福寺の管主玄玲の言葉を思い出した。名君だといっていた。それにしても座してこれだけの情報を仕入れる篤右衛門の地獄耳には恐れ入る。

「目の前の暗雲が、きれいになくなってしもうたな」

傍に座った千種を振り返って篤右衛門が言った。

「なんだか急に張り合いがなくなった気がする」

「何をおっしゃいます。これ以上の幸せはありませんよ」

千種が篤右衛門をたしなめた。

「稲垣様は、憐み令に関わる未決事件までを報告しろ、とおっしゃいましたから、憐み令に引っかけた深見の目論見は瓦解したと見てもいいでしょう。残ったのは深見と作治の罪状だけです。

澤田様も黙って引っ込まざるを得ない」

　廣之進が安堵の表情で言った。

「うむ、わからんぞ。〈遊女〉の件がある。憐み令で罰しなくとも、遺君へ不敬として澤田殿が頑張るかも知れぬ。奉行所吟味が中止と決まったわけではない」

「いくら澤田様でも、それはないでしょう」

「まあな」

　篤右衛門は目尻に皺を寄せた。

「市兵衛への強請りと庄兵衛の拐かしで、深見を粉砕してやります。卯之吉と市兵衛に訴えさせるよう準備しております」

「深見も可哀想な男よの。なまじ犬目付などという変な威光を身にまとったせいで墓穴を掘った。庄兵衛誘拐と市兵衛強請りに関わっていたとすれば、浪人暮らしでは済まないだろう」

「真面目にお勤めを果たしておれば宜しいものを、作治などという不埒な者と組むとは……。やはり父御(てて ご)の血を引いたのでしょうか」

「そういってしまえば、あまりにも可哀想じゃ。焦ったのであろう」

　篤右衛門の言葉に千種は不満そうである。よほど心配したようだ。

「廣之進、こうなった以上深見は庄兵衛殺しでも守りに入るだろう。いいか、憐み令と喜田屋庄兵衛殺しは別件だ。混同するでないぞ。庄兵衛の死には責任を取ってもらわねばならん。もう一人の下っ引き、英吉とか言ったな、逃してはならんぞ。三吉と作治、米八三人だけでは、心もとない」

「はい、先日留五郎に指示してあります」

「うむ、不憫じゃが、仕方ないの」

首を振りながらまた呟いた。

留五郎が政吉を連れて飛び込んできた。

「若、聞きましたぜ。本当ですか」

「そうだ。市兵衛を喜ばせてやれ。だけど明日から忙しいぞ。市兵衛には強請りで作治と三吉を訴えさせねばならん。卯之吉にも誘拐で作治や深見を訴えさせる。今父上も言っておられたのだが、米八と組んでいた下っ引きを早く引っ張れ。深見が逃がすかもわからん」

「承知しやした。だけど本当に将軍様はお亡くなりになったんですかい」

「ご高札が明日中に出る」

「わかりやした。下っ引きは逃がしゃしません」

興奮して留五郎が喋っているとき、梅助がやってきた。

「若、とんでもないことが起きるもんですねぇ」

梅助が疲れた顔で言う。珍しく少し正月の酒が入っている様子だ。

「だけど若、こうも一遍に何もかもきれいさっぱりしちまうと、拍子抜けでやすね」

篤右衛門と同じことを言っている。

「ま、いいじゃないか。楽になったんだ」

「そうですねぇ、あっしも家業に身を入れなくちゃ」

千種が笑いながら盃をもたせた。たまがすかさず酌をする。

「あ、これは勿体ない」

言いながらぐいとひと息で飲み干して笑った。

「梅助さん、今日は開店休業かい」

留五郎が冷やかし、座は笑いにつつまれた。

「小鳥遊の旦那、どえらいことになりましたな」

雷門の儀助が赤い顔で挨拶にやってきた。同伴の達吉もぺこりと頭を下げる。

「だけど旦那の方は大丈夫なんですかい」

「大丈夫。心配するな」

「そうですか、安心しやした。そうそう、先だって梅助さんに頼まれていたんでやすが、以前市兵衛のところにいた英吉って煙草野郎を今朝がた車屋で見つけて、あっしの店に置いてあります」

さらりと言った。

「おお、そうかい。それは有難い。悪役が揃った。さすがは雷門の儀助親分、朗報だ。すまんが二日ほど預かってくれるか。廣之進が少し絞り上げて、御番所の都合にそって押し込むところを決める。何しろ御番所もてんやわんやだからな」

　やり取りを見ていた篤右衛門が言った。

「この正月は儂の不始末のせいで、正月気分も飛ばして皆に苦労かけた。労らわねばならんと思っている。儂のお仕置きもまだ決まっておらず、少し気が早いかも知れぬが、かまいはせぬ。ようやく遅い春が来たんだ。事件に関係した親方や手下たちに集まってもらって、綱吉様のご冥福を祈り厳粛な通夜の宴をはりたいと思う。どうだ留五郎、部屋を貸してくれるか」厳粛というところでにやりと笑った。

「はいはい、皆喜びますよ。早速お初に用意させます。明日暮れ六つ（十八時）、よろしいな」

　留五郎は言うやいなや、飛び出していった。

「どうだ、梅助、ちょっとやっていかんか。儂らも遅まきの正月気分を味わいたい」

　杯を飲む仕草をした。

「梅助さん、そうなさいな。すぐ支度します」

　千種はいそいそと立ち上がった。

　芝の切り通しの鐘が六つ鳴った。おたまも慎太郎を寝かしつけて、席に加わっている。

「奥様も、若奥様もご心配でしたろうに、しっかりしておられたのであっしらは元気づけられました」梅助がてらいもなく言った。

「ありがとう。梅助さん、留五郎さん皆さんのお陰ですよ。ただ残念なのは庄兵衛さんがこの席におられないことです」

千種とおたまは頭を下げた。

「とんでもない。あっしら風情にそんなことをなさっちゃぁ困っちまいます」

梅助が慌てて両手を振った。

「そうだな、まこと惜しい友を失ってしまった」

篤右衛門はぽつりと言った。

「そうですね。だけど旦那のせいじゃない。深見とあの悪法のせいですよ。それに、庄兵衛さんの仇は立派に討ったじゃないですか」

「ははー、おまえに慰められるとは思わなかったよ」

篤右衛門が言い、皆笑った。末席の清蔵も嬉しそうに笑っている。

「そうでなくっちゃぁ旦那らしくねぇ。もし庄兵衛さんがこの席にいたとしたら、やっぱり五七五の話になるんですかね」

梅助が納得できない風に首を捻る姿に、皆笑った。

その笑いの中で、廣之進は父を見つめていた。芭蕉の清貧に憧れを持っていることは知っていたが、ここに来て時折〈芭蕉に逃げ込む〉と自嘲気味に漏らす言葉のその意味を察した。

公儀の思惑に翻弄されながらも、武士としての矜持を守り続けてきた父の、やりどころのない憤りと諦観の境地なのだ。

「もし、庄兵衛さんがここにおられたら、こんな句を詠むでしょうなね。〈鐘一つ　売れぬ日はなし　江戸の春〉」

千種が微笑みながら詠んだ。

「これも芭蕉さんですか」

「いえ、其角様という蕉翁のお弟子さんの句です。庄兵衛さんは、飾らない其角様の句が好きでした」

「其角ですか。これならわかる。いい句ですねぇ」

梅助は感に堪(た)えたような声を出し、その褒めっぷりに、また皆が笑った。

梅助がこの場に居てくれてよかった。廣之進はそう思いながらようやく以前の暮らしに戻ったという実感を味わっていた。


次の日の早朝、廣之進と千種を連れて庄兵衛の仏前に参ったあと、篤右衛門は冬木屋、大竹屋を回ってくる、と言った。俳諧の寄り合いに出席する、いつもの楽しげな表情に戻っている。

廣之進は清蔵と梅助を連れて出仕した。御番所の雰囲気は、昨日と一変していた。喪に服す奉行所内は声を潜めてはいるが、新しい将軍に期待があるのか、どこか重苦しさはなく、今日の御触れ公布の準備で皆忙しく立ち回っている。

廊下で、山本新兵衛に出会った。数冊の帳面を抱えて珍しく忙しそうに歩いてくる。

「あ、小鳥遊殿」

新兵衛が遠くから声をかけてきた。年末の礼を言おうとした廣之進を遮る。

「どうやら恩赦は、憐れみ令以外を含め全部で南北の御番所合わせて一万人にもなりそうなんです。御番所へ届いていない仮人別も至急調べるってことなんで、大仕事ですよ」

数は凄いが、口ぶりは、あいかわらずおっとりとした口調だ。本人別は奉行所の赦帳撰要方の新兵衛の所に記録されているが、定期的に行われる人別改めまでの間は仮人別帳として町役人の所で止まっている。

最初聞いていた四千人どころではなかった。廣之進は啞然として新兵衛の顔を見た。

「名主から届けられる仮人別の整理で押しつぶされそうです。あ、しまった。小鳥遊殿ゆえ、つい口を滑らせてしまった。まだ内密のことですのでどうかご内聞に」

ご内聞もなにもない、仮人別帳を町役人と一緒に照合し始めれば、噂はたちまち江戸中に広がるにちがいない。

「で、いつまでですか」

「照合は二月末までに終えるようにと言われております」

新兵衛は困った顔で笑った。

「わかりました。自身番廻が必要なときは言ってください」

「そう願えると有難い」

頭を下げて行きかけたが、引返すと新兵衛は廣之進の耳元で囁いた。

「将軍への魚や貝の献上が、近々許されるようですぞ」

嬉しそうにほほ笑むと、小走りに廊下を去ってゆく。

魚好きだという鯉屋の杉風（さんぷう）を思って、父の喜ぶ顔が廣之進の頭によぎった。

恩赦は三月から逐次行うことになるらしい。

今日の町触れでは、薨去の報と昨年鋳造した評判悪い宝永通宝の通用停止。そして憐みの令廃止令第一号として、馬の首の毛を焼いて拵え馬とする〈馬の首毛ふりの廃止〉が高札に掲示されることになっている。

貞享四年の〈人宿や馬宿で重病の生類を棄ててはならない〉から数えて二十一年、憐みの令最後のほうでは、昨年十一月に〈瘈狗（けいく）（狂犬）を見つけたらすぐ訴え出よ〉などの御触れが出された。総計百三十有余を数える。

達成感はまだだが、ようやく正月が来たような気がして、廣之進は小さく伸びをした。

（了）

註　新井白石「折たく柴の記」によれば

生類憐れみ令（しょうるいあわれみれい）のほか罪を許された者八八三一人となっている。

◎論創ノベルスの刊行に際して

本シリーズは、弊社の創業五〇周年を記念して公募した「論創ミステリ大賞」を発火点として刊行を開始するものである。

公募したのは広義の長編ミステリであった。実際に応募して下さった数は私たち選考委員会の予想を超え、内容も広範なジャンルに及んだ。数多くの作品群に囲まれながら、力ある書き手はまだまだ多いと改めて実感した。

私たちは物語の力を信じる者である。物語こそ人間の苦悩と歓喜を描き出し、人間の再生を肯定する力があるのではないか。世界的なパンデミックや政情不安に覆われている時代だからこそ、物語を通して人間の尊厳に立ち返る必要があるのではないか。

「論創ノベルス」と命名したのは、狭義のミステリだけではなく、広義の小説世界を受け入れる私たちの覚悟である。人間の物語に耽溺する喜びを再確認し、次なるステージに立つ覚悟である。作品の刊行に際しては野心的であること、面白いこと、感動できることを虚心に追い求めたい。

読者諸兄には新しい時代の新しい才能を共有していただきたいと切望し、刊行の辞に代える次第である。

二〇二二年一一月

伊達　虔（だて・けん）

1937年広島県生まれ。

1996年、第十五回潮賞小説部門受賞。受賞作『海人』（潮出版社）出版。

1998年、『G 重力の軛』（双葉社）出版。

2003年、第八回歴史群像大賞最優秀作品賞受賞、受賞作「逃亡者市九郎」（学研社）出版。

2007年、『鳥刺同心　晩秋の稲妻』（学研社）出版。

2023年、幻冬舎ルネッサンスの歴史小説コンテスト大賞受賞。受賞作『標なき柩』（幻冬舎メディアコンサルティング）で電子出版。

2024年、本作で第3回「論創ミステリ大賞　歴史・時代小説部門」大賞受賞。

鳥刺同心 遅い春　〔論創ノベルス020〕

2025年3月1日　初版第1刷発行

著者	伊達　虔
発行者	森下紀夫
発行所	論 創 社

〒101-0051　東京都千代田区神田神保町2-23　北井ビル
tel. 03（3264）5254　fax. 03（3264）5232　https://ronso.co.jp
振替口座　00160-1-155266

装釘	宗利淳一
装画	佐久間真人
組版	桃 青 社
印刷・製本	中央精版印刷

ISBN978-4-8460-2434-5